Lene Albrecht
Wir, im Fenster

 aufbau

LENE ALBRECHT
WIR, IM FENSTER

ROMAN

 aufbau

ISBN 978-3-351-05065-8

Aufbau ist eine Marke der Aufbau Verlag GmbH & Co. KG

1. Auflage 2019
© Aufbau Verlag GmbH & Co. KG, Berlin 2019
© Lene Albrecht, 2019
Einbandgestaltung zero-media.net, München
Satz LVD GmbH, Berlin
Druck und Binden CPI books GmbH, Leck, Germany
Printed in Germany

www.aufbau-verlag.de

Für S.

Es ist nicht so, als hätte ich vorher nie an diesen Ort gedacht. Manchmal kehre ich zurück in unser Gebiet, kurz bevor ich ganz wach bin. Dann steht die Tür für einen winzigen Moment offen. Licht fällt dünn darüber, es kommt oder es geht gerade, ich kann nichts dagegen tun; da stehen die Mülltonnen wie kleine Bunkeranlagen. Sekunden verstreichen, nichts passiert. Keine Taube fliegt, kein Kind spielt. Und ich frage mich so allmählich, was bloß mit diesem verdammten Ort los ist, bis es mir wieder einfällt. Dann beginne ich panisch das Bild mit Menschen und Dingen aufzufüllen. Mit den Familien, die jetzt dort leben müssen, dem Zeug, das sie gestern im Sandkasten haben liegen lassen. Mit einem halb verschütteten Eimer, dessen Öffnung schief aus dem Sand ragt, so dass sich darin über Nacht etwas schmutziges Regenwasser gesammelt hat. Mit Kindern, die aus der noch feuchten Erde die Regenwürmer pflücken. Barfuß laufen sie über die warmen Steine, auf denen das Regenwasser verdampft, und sie sperren die nass glänzenden Würmer in mitgebrachte Marmeladengläser, wo sie sich blitzschnell umeinanderknoten und so zu einem einzigen Klumpen schmelzen. Mit Kindern, die in die wilden Büsche hinter dem Zaun starren und ho-ho-ho schreien, während sich Junkies dort einen Schuss vorbereiten. Oder Steinchen werfen, dann springen sie auf, laufen weg. Kinder, die wütend an den Ästen der alten Kirsche zerren, als schulde sie ihnen was. Irgendwas, sie wissen es selbst nicht genau. Mindestens aber die schweren Tropfen, die sie aufgefangen hat und nun verschenkt, bis alle klatschnass sind. Und obwohl alles anders ist, wird hier in Wirklichkeit nichts Neues passieren. Auch wenn ich mich anstrenge, ich weiß das.

WIR

Zuerst sah ich nur ihre Beine, die tief gebräunt aus kurzen Shorts ragten und an Waden und Knöcheln mit aufgekratzten Mückenstichen übersät waren. Dicke rote Quaddeln saßen zwischen leuchtend feinen Härchen wie Unruhestifter. Sie mussten die letzten schwülen Tage und vielleicht sogar Nächte im Freien verbracht haben, diese vier Beine, im Park oder nah am Wasser, und sie verschwanden in mit Dreck verkrusteten Turnschuhen, die ich selbst einmal getragen hatte, das fiel mir plötzlich wieder ein; dieses eine Modell. Wir trugen alle Superstars an den Füßen.

Wann genau hatte ich sie gegen Lederschuhe eingetauscht, warum. Ich hob nur kurz den Blick, sah über den Rand meiner Kopien. Sie stiegen Prinzenstraße ein und blieben dicht bei der Tür stehen.

Ich versuchte mich zu konzentrieren.

Ich hatte neuerdings angefangen, auch die Wege für meine Doktorarbeit zu nutzen, seit die Abgabe immer näher rückte. Es blieb nicht viel Zeit, es war eigentlich keine große Sache, denn ich war fast fertig. In diesem Moment verengte sich etwas, ich legte zwei Finger an den Hals, wanderte tiefer, legte sie in die Mulde unter dem Kehlkopf. Die Türen schlossen sich, ein Muskel zuckte. Obwohl es noch nicht spät sein konnte, war ich erschöpft. In der gegenüberliegenden Scheibe versuchte ich mich zu erkennen. Mein Gesicht sehen, entweder das, oder von jemandem laut bei meinem eigenen Namen gerufen werden. Nichts von beidem schien möglich. Es war zu hell, ich war allein, und als ich das nächste Mal aufsah, saßen da die Mädchen.

Es war etwas an der Art, wie die eine die andere berührte. Im Sprechen nahm sie eine Haarsträhne der anderen, tiefschwarz und kinnlang, in ihre beiden Hände, wendete sie so selbstvergessen, als wäre es ihre eigene. Sie strich sich damit über die geöffnete Handinnenfläche, als hielte sie einen Pinsel, und die andere störte sich nicht daran, im Gegenteil.

Wie sie da saßen, die Gesichter einander zugewandt, machte es den Eindruck, als wären sie nur ein einziger Körper. Jung und kräftig, bereit, sich allem zu widersetzen. Da war ein jugendlicher Trotz in ihren Augen, obwohl ihre Körper noch Kinderkörper waren. Sie teilten sich eine hellrote Flüssigkeit aus einer bauchigen Glasflasche, die schnell von einem Mund zum anderen wanderte, Schluck um Schluck. Dieser Geschmack, süß und sauer, vielleicht war es Blutorange. Das Etikett hatten sie weggerubbelt, aber man sah noch die weißen Krümel, Rückstände des Klebers. Schwerfällig fuhr der Zug an. In den Fenstern wuchs ein Klinkerbau schräg in den ruhigen Himmel, seine Kante saß schief, es war ein schöner Morgen. Im Waggon staute sich die Hitze des angebrochenen Tages, es roch nach vielen verschiedenen Deos und klebrigen Körpern, die ihre Abdrücke in den Bänken zurückgelassen hatten.

Ich hatte lange nicht an sie gedacht, aber da war sie. Da war Laila, und sie ging nicht mehr weg.

Nur ein Bild. Sie steht in unserem Hauseingang, lehnt mit dem Rücken zur Wand, an den Klingelschildern, um sich vor dem Regen zu schützen. Sie macht sich klein, obwohl das schwierig ist. Sie ist von Natur aus eher robust, in dieser Hinsicht ähneln wir uns. Wir haben beide große Knochen. Damals sind wir dreizehn Jahre alt, und ich komme von der Schule und sehe sie dort stehen. Es ist der Beginn des Winters, die Luft unerwartet kalt und dicht. Man sieht ihren Atem schon von Weitem aus dem Mund fliehen. Vorm Haus die Linde. Im Frühjahr begräbt sie alles unter Honigtau, die Straße, die Autodächer, den Bürgersteig, und macht so unsere Schuhsohlen klebrig. Jetzt ist sie beinahe kahl. Laila trägt eine violette Mütze, die ich an ihr nicht kenne. Vorne drauf ist ein Pandabär gestickt. Später wird sie mir erzählen, dass sie die Mütze auf der Straße gefunden hat, auf dem Weg von der Schule zu uns. Wie sie in einem der Knallerbsen-Sträucher am Eingang zum Park hing. Eine Einladung, wird sie sagen, ein Geschenk, weißt du. Ein kleines Kind musste sie verloren haben, denn sie ist viel zu klein für ihren Kopf, rutscht hoch, Laila zieht sie herunter, über die Ohren, den Knorpel der Muschel, sie rutscht wieder hoch. Eine richtige Kleinkindmütze. Dann lässt Laila resigniert die Arme fallen und sieht in Richtung der Kirchturmspitze, hebt das Kinn, sieht daran vorbei, streift unbestimmt in eine Ferne, während der Regen ihre Schuhspitzen trifft. Und obwohl ich mich ihr damals näherte und die Haustür aufschloss, wir gemeinsam in unseren klammen Jacken hochstiegen, ist sie dort stehen geblieben. Wartend steht sie da, auch heute noch. Ein Gespenst, knapp zwanzig Jahre später. Sie war nie wirklich verschwunden. Eine Idee, die ich irgendwo geparkt hatte, um später darauf zurückzukommen, und dann einfach vergaß.

Habe ich sie nicht oft genug gebeten? Sie solle schon hochgehen, auch ohne mich. Feierlich überreichte ich ihr einen Ersatzschlüssel, der auf eine dicke Kordel aus Nylon aufgezogen war, dick wie ein Regenwurm, und an den Enden steckten Plastikröhrchen, um alles zusammenzuhalten.

Und jetzt, sagte sie.

Jetzt kannst du damit machen, was du willst.

Sie klappte den Kiefer auf, ganz kurz nur, und streckte mir ihre rosa Zunge entgegen, die dick und samtig in ihrer Mundhöhle lag.

Dann klappte sie den Kiefer wieder zu: Sowieso.

Klipp. Klapp.

So war sie.

Laila, die Türen öffnen kann.

Trotzdem legte sie die Kordel um den Hals, trug den Schlüssel von nun an als Kette, aber unter dem T-Shirt, nah am Herzen, als wäre sie zu kostbar, um sie jedem x-Beliebigen unter die Nase zu reiben. Sie benutzte den Schlüssel nicht. Und als sie es endlich doch tat, wollte ich sie um jeden Preis davon abhalten.

Unter uns schoss die Landschaft des neu angelegten Parks vorbei, wo früher die Brache mit ihren paar Lauben gelegen hatte. Die Mädchen mir gegenüber verdrehten sich ihre Hälse, um hinaussehen zu können, in eine Art grüne Schlucht. Wie ich als Kind hier mit Götz und anderen Aktivisten demonstriert hatte. Menschen aus der Nachbarschaft in grob gewebten Strickjacken und mit schweren gelben Gummistiefeln, die mir irgendwie suspekt gewesen waren, sie nannten ihre Gruppe Initiative und schrieben sich die Rettung von Eichhörnchen und Fröschen auf die Fahne, wo es gar keine gab, zumindest konnte ich sie nirgends entdecken. Sie waren für den Schutz der Umwelt, vor allem anderen gegen die Inbetriebnahme der Bahn. Sie wollten ihre Ruhe, das verstand ich wiederum. Seit die Mauer gefallen war, waren sie von der städtischen Peripherie mitten ins Zentrum gerückt, und was hätten sie dagegen schon tun können. Es war nasskalt, der Boden sumpfig aufgequollen. Niemand außer uns, die wir dort standen, schien davon Notiz zu nehmen, dass wir dort standen und uns für die Umwelt den Arsch abfroren. Weit und breit keine Presse in Sicht, nur ein selbst ernannter Fotograf, der die Aktion mit seiner kleinen Kodak dokumentierte, sich bückte, ohne ersichtliche Not. Vielleicht weil er das Bild von jemandem imitierte, der sich zum Fotografieren bückt. Heute sah ich einen dichten Nieselregen, wie plötzlich vor die Linse geweht. Etwas verstummt augenblicklich, die rostigen Gleisbetten werden mit einer Art Rindenmulch aufgefüllt, die Müllkippe entsorgt. Jetzt gibt es Abfalleimer. Vor einer verfallenen Hütte, die notdürftig mit Decken zugehangen ist, gleich neben den Gleisen, steht ein einzelner kaputter Plastikstuhl. Den Besitzer zerrt man aus seinem Unterschlupf, er muss sich eine neue Bleibe suchen, und zwar schnell. Hier wird schon bald die legale Wand stehen, die man den Sprühern verspricht. Das Hellgrün der Rasenfläche leuchtete jetzt, unter der Augustsonne, kräftig und künstlich gegen alles an, was vormals gewesen war. Das Brache, das Kaputte, der Gestank des Mülls. Menschen joggten unter den Schienen der Hochbahn hindurch. Rechts ragte der Potsdamer Platz auf, in etwas Entfernung, links leuchteten Lastenkräne in Gelb und Orange. Sie fassten nach den Rohbauten, die ganz plötzlich überall wie Pilze aus dem Boden schossen. Sie reihten sich um den Park wie die Jahresringe in Baumstämmen, nur dass sie von außen nach innen wuchsen, nicht umgekehrt, die Wohnungen schlossen immer weiter auf, und ich war zuerst dagegen gewesen, hierherzuziehen, in eine dieser Neubauten, als Georg mit dem Vorschlag kam. Es fühlte sich wie ein Betrug an, nur konnte ich ihm nicht erklären, wer wen um was betrügen sollte, vielleicht weil ich wusste, dass wir keine echte Wahl hatten. Der Wohnungsmarkt ist nicht gerade jener Lebensbereich, an den man viele Forderungen stellen kann, versuchte Georg mich zu überzeugen. Wir hatten Glück gehabt mit der Genossenschaft, wir brauchten mehr Platz, wir fanden ihn nirgends sonst, also gab ich nach.

Kurz nach dem Gleisdreieck verschwanden wir im Tunnel, die Deckenlichter gingen flackernd an, wir durchquerten das frei stehende Haus, sanken immer weiter in die Erde, einen weichen Kern. Meine Eltern waren vor fast einem Jahrzehnt weggezogen, zuerst Götz, später Ingrid. Georg hatte mich einmal vor vielen Jahren gebeten, ihm zu zeigen, wo genau ich aufgewachsen war. Na hier, hatte ich gesagt. Ja, schon, aber deine Schule, deine Spielplätze, Bäume, Sträucher, Boden, was weiß ich.

Er wollte die alten Geschichten hören, das ganze Programm, er fragte: Wo hast du zum Beispiel Cowboy und Indianer gespielt?

Vielleicht, sagte ich, habe ich so etwas gar nicht gespielt. Aber das war gelogen.

Er kam aus einer kleinen Stadt bei Münster, wo es im Frühjahr unverschämt grün war, es roch nach dem Mist der Schweinemastanlagen, und es gab jede Menge Kreisverkehre und summende Windkrafträder. Außerdem führte eine der Hauptdrogenkurierlinien von der niederländischen Grenze mitten durch den Ort hindurch, in ein altes verfallenes Bauernhaus am Rande, hinaus durchs westdeutsche Hinterland gen Osten und dann schnurstracks in die Hauptstadt, Richtung Kundschaft. Es war nicht schön, es war überschaubar.

Wir hielten Kurfürstenstraße, und sofort waren da diese Klohausfarben, wie Götz sie früher genannt hatte, Kacheln in Gelb und Blau, Rosa und Violett, alles in Pastell, durchzogen von merkwürdigen grünen Fäden, die wie Gräser aus den Schienen stachen. Die anderen Farben formierten sich zu Rauten, Quadraten und Dreiecken, bildeten ein Muster im Raum, und ich kam mir vor wie ein Fisch im Aquarium, der unaufhörlich an den Grenzen seiner eigenen Welt scheitert.

Bevor Lailas Großmutter sie zurückließ, waren wir zu gleichen Teilen bei ihr und bei mir, wenn wir nicht gerade im Hof spielten. Bei Laila saßen wir am Fenster, lugten unter den Häkelgardinen hindurch und warteten auf die U-Bahn, die entgegen ihrem Namen über der Erde fuhr, hier in die Kurve ging, sich ungeschickt um die Kirchturmspitze wickelte, so dass es gefährlich quietschte. Die Strecke war noch neu. Sie wurde vor drei Jahren wieder in Betrieb genommen, aber die Gesichter der Passagiere im Inneren hingen dort gleichgültig wie Monde. Es war Laila gewesen, die mir von dem Unglück erzählt hatte. Keine Ahnung, woher sie das wusste, vielleicht hatte jemand es ihr in der Schule erzählt. Sie ging auf eine andere als ich, nur wenige Straßen entfernt. Meine Eltern hatten mich vorm Eintritt in die erste Klasse aufwendig umgemeldet, offiziell wohnte ich in einem anderen Teil der Stadt, bei einer Frau, die Schulterpolster in ihrer rosa Bluse trug. Eine höfliche Dame, die ich nur einmal sah und die mir zu diesem Anlass einen Kirschlutscher mit grünem Stiel geschenkt hatte, der aus Pappe war und sich in meinem Mund schon langsam begonnen hatte aufzulösen, als wir die Wohnung verließen. Wahrscheinlich wurde sie im Gegenzug bezahlt.

Damit du nicht mit den ganzen Assis wie mir in einer Klasse festsitzt, sagte Laila einmal, sie lachte darüber, wir beide, und obwohl Laila kein Assi war, hatte sie natürlich recht. Es hieß, dass in den Grundschulen dieser Gegend kaum Deutsch gesprochen wurde.

Immer wenn sie sich also langweilte, weil es sehr still war, schloss sie ihre Augen, hob leicht das Kinn an und fragte theatralisch: Hörst du sie? Und sie meinte damit die Toten vom Gleisdreieck, zwanzig Stück waren es gewesen. Vor fast hundert Jahren waren hier zwei Züge ineinandergekracht, noch bevor man die Station zum Umsteigebahnhof mit zwei Linien auf getrennten Ebenen ausgebaut hatte, aber nur einer von ihnen war abgestürzt. Es hatte nicht an der Technik gelegen, was nahelag. Es war menschliches Versagen gewesen. Laila schob diesen Nachsatz immer ungerührt hinterher, er fiel wie ein Schatten auf die Geschichte. Irgendetwas freute sie diebisch daran. Ich konnte sie hören, die Toten und ihre heiseren Rufe, obwohl ich wusste, dass das unmöglich war.

An einem Nachmittag zog Laila die golden glänzende Hülle eines Lippenstifts aus ihrer Rocktasche. Sie legte einen Finger an den Mund, um mich zum Schweigen zu bringen, dann malte sie einen Bogen an die Scheibe.

Was machst du, flüsterte ich, wir würden dafür Ärger bekommen. Laila mehr als ich, denn ich war ihr Gast.

So waren die Regeln. Aber für Regeln interessierte sich Laila nicht besonders.

Sie antwortete nicht auf meine Frage, zog stattdessen

einen zweiten Bogen. Das S hatte die Farbe von Pflaumen.

Jetzt du.

Ich malte das O. Es war schief und gefiel mir nicht besonders, kippte leicht zur Seite weg. Die untere Linie verschmierte, als ich versuchte, es zu korrigieren.

Aus der Küche hörte man, wie die Großmutter mit einem Rührbesen Eier schlug. Ich dachte nach, zu lange. Laila nahm mir den Lippenstift ab, sie war immer eine Sekunde schneller, mir einen Schritt voraus, drückte jetzt zu stark auf, die Spitze brach ab, plumpste auf das Fensterbrett.

Siehst du, sagte ich, und sie lachte darüber.

Was soll's. Behutsam führte sie die Spitze ohne Fassung über die rutschige Oberfläche, ihre Finger färbten sich violett.

Ich las laut: S O S.

Laila hatte diese merkwürdigen Ideen, und wenn sie sprach, klang ihre Stimme wie eine, die tief in mir selbst verschüttet war.

Und jetzt warten wir, sagte sie mit Bestimmtheit.

Auf dem Flur waren leise, kurze Schritte zu hören.

Ob jemand kommt und uns mitnimmt, führte sie ihren Gedanken fort.

Manchmal fürchtete ich mich vor dieser Stimme. Eine Tür ging knarzend auf und gleich darauf wieder zu, es war nicht unsere.

Wohin denn, fragte ich, erleichtert darüber, nicht aufgeflogen zu sein. Zwischen den Fensterscheiben lagen lauter tote Fliegen. Sie hatten die Beinchen nach oben gereckt, lagen verteilt auf dem weißen Lack, auf der Seite oder dem Rücken, ganze fünf Stück, und glänzten im Licht um die Wette. Wie waren sie dort hineingeraten?

Wer hatte sie in Gefangenschaft genommen? Was war mit ihren winzigen Seelen passiert?

Laila schüttelte den Kopf, als hätte ich nichts verstanden.

Ich weiß nicht, irgendwohin, sagte sie, oder ist das vielleicht wichtig.

Ich schwieg und dachte nach, über diesen Ort, wie er zu sein hätte, aber es gelang mir nicht. Und so landete ich immer wieder bei den Fliegen, den zarten Linien in ihren Flügeln, die zusammengenommen ein Muster ergaben, ihren grünlich und golden schimmernden Körpern, die vom Tod in die Krümmung gezwungen worden waren. Es war furchtbar anzusehen, und es war köstlich. Durch einen der Körper zuckte es, aber ich verstand sofort, dass es nur mein Lidschlag gewesen sein konnte. Die Dinge waren nicht das, was sie vorgaben zu sein. Ich musste die Augen schließen und heimlich bis fünf zählen, ehe ich Laila ansehen konnte. Ihr schönes Laila-Gesicht. Durch ihre spiegelnden Pupillen geisterte etwas Suchendes: Und wer bist du nun eigentlich?

Vielleicht war es das, was sie wirklich wissen wollte.

Und so schaute ich zurück, durch die Spiegelung, in das Schwarze hinein, sagte mir: Da steckt also eine Laila drin.

Versuchte ich wirklich, in sie hineinzugucken? Damals glaubten wir noch an Dinge wie Telepathie. Das funktionierte so: Laila stand von ihrem Stuhl auf, also stand auch ich von meinem Stuhl auf. Laila war im Begriff, ihren Teller abzuschlecken, also fuhr auch ich blitzschnell mit meiner Zunge über die glatte Oberfläche des Porzellans. Laila lachte, ich fiel in das Gelächter mit ein.

Laila nickte, und ich nickte und nickte und nickte,

während Laila schon darüber nachdachte, was sie als Nächstes tun würde. Manchmal versuchte ich mit aller Kraft, meine eigenen kruden Gedanken zu unterdrücken, nur damit Laila mich nicht dabei ertappte, wie ich an etwas anderes dachte. Und jetzt? Egal, wie konzentriert ich überlegte, mir fiel kein Ort ein, an dem ich hätte lieber sein wollen. Und vielleicht war genau das ein Problem. Eine Welt außerhalb dieser schien mir unerhört, auch wenn es mir heute seltsam vorkommt, von damals als der einzig möglichen auszugehen.

Laila rollte genervt die Augen.

Was?, fragte ich.

Das wäre doch gut zu wissen, findest du nicht, sagte sie, nur um sicher zu sein, meine ich.

Sicher?

Dass man sich auf die anderen Menschen verlassen kann natürlich, und ich antwortete ihr, aber du kannst dich ja auf mich verlassen, und sie lachte darüber so laut, als hätte ich einen Witz erzählt, den sie nicht verstanden hatte, etwas verlegen, aber ich meinte es ernst und sah sie auf diese Weise fest und durchdringend an.

Du Idiotin, sagte ich.

Da hörte sie auf.

Ich weiß, Linn, na klar, das weiß ich doch.

Was wusste sie? Nicht mal ein Jahr verging, und wir würden nicht mehr wir selbst sein. Laila würde ihre dämliche Mütze tragen, ich meine Scham.

Wir wären immer noch Kinder.

Was ich weiß, ist das hier: An eine Zeit vor Laila kann ich mich nicht erinnern. Sie war immer da, wie meine Arme, meine Beine, mein Kopf, der auf meinem Rumpf saß und eben auf keinem anderen. Wir waren Kinder genug, um wie selbstverständlich ein Bett zu teilen, obwohl es zwei davon gab. Eines oben, das andere unten, aber das obere brauchten wir nicht. Nur, um heimlich von dort nach unten zu springen, wenn wir vom Zaubertrank gekostet hatten. Wir rannten durch den Hinterhof, den sich mehrere Häuser teilten, unser Gebiet. Wir hielten uns aneinander fest. Wir zogen uns abwechselnd und ließen uns von der anderen ziehen. Wir liefen barfuß, obwohl das verboten war, so dass unsere kleinen Sohlen auf den bloßen Boden klatschten und wir schwielige Stellen bekamen. Nie traten wir dabei in eine Glasscherbe, wie die Erwachsenen es uns prophezeiten. Wir hatten Glück und fanden nichts seltsam daran. Wir warfen Kusshände in die Luft, wo die Tauben um den Kirchturm segelten und von dort oben bewegliche Punkte auf den Asphalt malten. Wir jagten ihre Schatten. Wir spielten *Ich sehe was, was du nicht siehst*, und ich gewann jedes Mal. Wir sprangen ins Gebüsch und schreckten die Amseln auf, fanden kleine tote Tiere und bauten ihnen Gräber im Unterholz, auf die angedrückte Erde stellten wir winzige krumme Kreuze, die aus zusammengebundenen Ästen bestanden. Obwohl wir keinen bestimmten Glauben hatten; keinen, der auf jemanden oder etwas gerichtet war. Ich nehme an, wir brauchten keinen. Wenn es geregnet hatte, suchten wir nach Schnecken und Regenwürmern. Überall roch es nach Erde. Mit den Schnecken veranstalteten wir ein Rennen, die Regenwürmer zerteilten wir mit einem Stöckchen in zwei gleiche Teile. Woher eigentlich dieser wahnhafte Glaube kommt, man könne aus einem Körper zwei machen. Natürlich, die Rippe.

Erst später las ich, dass immer nur das Ende mit dem Kopf überlebt, mit den ganzen Organen dran, und das abgetrennte Hinterteil des Wurms zwangsläufig abstirbt. Ein Wurm hat schließlich nur zwei Augen, nicht vier. Damals fragten wir nicht danach. Wir hatten keinen Grund, alles schien möglich. Wir sammelten in unseren Handtellern auch giftige blaue Beeren und drückten so fest zu, bis der dunkelrote Saft als Blut an unseren Ellenbogen hinabrann.

Schau, ich blute, riefen wir Ingrid zu und lachten, weil sie sich jedes Mal aufs Neue täuschen ließ. Oder tat sie bloß so? Sie, die weiter hinten bei den Beeten saß, mit Susanne auf der Bank, sie tranken schwarzen Kaffee und rauchten und schienen manchmal zu vergessen, dass wir auch da waren. Das war uns recht. Wir stiegen auf den schiefen Turm aus morschem Holz neben dem Sandkasten, um dort von niemandem gefunden zu werden, fegten den Boden, streuten Köpfe von Löwenzahn darauf, bis uns langweilig wurde. Es schien alles so einfach. Gab es damals so etwas wie Langeweile? Über uns schlug die Kirchenuhr. Ich war geduldiger als heute. Der Hof genügte uns. Wir genügten einander. Wir warteten auf die Dämmerung und stiegen dann in unser Bett. Mit unseren schwarzen Fußsohlen hinterließen wir unheimliche Muster auf den Laken. Ganz selbstverständlich landete meine Hand zwischen Lailas Schenkeln, immer aufs Neue, dazu mein Kopf auf ihrem Bauch, so lagen wir im Bett, die Körperteile verstreut. Und bis heute kann ich nicht den Geruch an meinen Fingern beschreiben, wenn ich sie dort unten berührt hatte. Jede von uns hatte ihre stinkende Lust.

Damals hatten wir keine Scham, wir hatten Muschis, Mösen oder Scheiden, und unsere Körper gehörten uns. Bis Laila es irgendwann ihrer Großmutter erzählte, die sagte:

Ihr müsst damit aufhören.

Wir müssen damit aufhören, sagte Laila.

Und womit, fragte ich, obwohl ich die Antwort längst kannte, es vielleicht schon immer gewusst hatte, aber nun, da es ausgesprochen war, fühlte ich mich betrogen, als hätte mir jemand etwas Wesentliches verschwiegen.

Also hörten wir damit auf.

Dunkel, fast schwarz. Das Licht ging aus, für zehn Sekunden nur, und die Helligkeit, die darauf folgte, war von der Sorte, die einen kurzzeitig blind werden lässt. Das Plastik der Sitze klebte an der nackten Unterseite meiner Schenkel fest. Wenn ich mich auch nur einen Zentimeter bewegte, schmatzte es komisch, und die Haut löste sich mit einem Ziepen von dem Material, als wäre es eine zweite, andere Haut. Ich schlug meinen Rock über die Knie, deckte sie entschieden zu. Eines der Mädchen hatte seine braunen Beine lang ausgestreckt, nahm sich den Raum, den es brauchte, und berührte mit ihnen fast meine Füße. Wenn es lachte, bebten sie. Du bist neben der Spur, hatte Georg gesagt, am Morgen erst, es roch nach Wandfarbe in der neuen Wohnung, überall im Flur standen Eimer mit eingetrockneten Farbresten, und ich fragte mich, was das zu bedeuten hatte. Eine Spur haben. Ob jeder Mensch seine eigene Spur braucht. Eine lange, klar definierte Strecke, die sich verfolgen lässt. Eine Geschichte mit Anfang und Ende, die man einmal erzählt bekommen hat und von der man nicht mehr abweichen darf.

Welche dann meine war und ob Laila wohl die Einzige wäre, die das beantworten könnte.

Das andere Mädchen lachte nun ebenfalls. Es war ein kindliches Lachen, das es versuchte zu unterdrücken.

Beide hatten bemerkt, dass sie von mir beobachtet wurden. Die Schwarzhaarige hielt sich eine Hand vor den Mund, mit der anderen das Handgelenk der Freundin fest und flüsterte ihr etwas ins Ohr. Dann prustete sie einen Schluck der Flüssigkeit in die Handfläche, Teile davon rannen ihr Kinn hinab, sie stürzte mit dem Oberkörper nach vorn. An meinen nackten Beinen spürte ich die Limonade, ihre Spucke in feinen Tröpfchen auf meiner Haut. Die andere hatte den Kopf ruckartig nach hinten geworfen, ihre rotblonden, langen Haare, die zu einem lockeren Zopf geflochten waren, lagen jetzt über der schmalen Schulter. Überall hatte sie Sommersprossen, im Ausschnitt, selbst auf den Augenlidern. Wenn sie lachte, zogen sie sich in eine Falte zurück. An ihren Ohren schwangen faustgroße Kreolen, sie sahen sehr schwer aus. Nur für einen Moment kreuzten sich unsere Blicke. Ihrer kroch streunend an mir hinauf, hielt an. Über meinem Bauch spannte der Stoff, ein schmaler Streifen blasse Haut lag frei. Ich zog mein Shirt entschlossen mit beiden Händen runter. Sie sah nicht weg. Die Haut am Bauch juckte, ich hielt mich zurück. Ihr Gelächter. Ich wandte mich ab, und jetzt ging ein sonderbarer Ruck durch den Zug, wir kamen zum Stehen. Nollendorfplatz. Im letzten Moment riss die eine die andere mit, wir müssen raus, Natascha, komm! Sie drückten die Türen an den Metallgriffen auf und sprangen aus dem Abteil, die Flügel schnappten zu, und ich sah gerade noch so, wie Natascha die Treppe zur U2 hochgezogen wurde. Wie sie immer zwei Stufen auf einmal nahmen, als hätten sie keine Zeit. Als läge da vor ihnen ein bestimmtes Ziel, über das keine ein Wort verlieren musste. Es war da, einfach so.

Seitdem warte ich. Darauf, dass Laila mir noch mal begegnet. Ihr Blick klebt an mir wie der Honigtau damals an unseren Schuhsohlen. Ich spüre ihn bei jedem Schritt. Sie wird irgendwo auftauchen. In einem fremden Gesicht. Einer Geste. Jemand erzählt in der Schlange vorm Kaffeeautomaten in der Bibliothek eine Geschichte, und ich warte darauf, dass ihr Name fällt.

Ich warte.

Er fällt nicht. Stattdessen spüre ich eine fundamentale Abwesenheit, die beinahe körperlich ist, mich infrage stellt. *Und wer bist du nun eigentlich?* Ich suche ihren Blick, weil er mich von allen am meisten trifft.

Laila versteckte sich immer auf der Treppe, unten vor der schweren, nachtblauen und von Tritten leicht verbeulten Tür aus Metall, die unvorhergesehen zuschnappen konnte. Neben dem Griff glänzten silberne Kratzer, Spuren der vielen Versuche, dort einzubrechen. Laila würde unten sitzen, wusste ich, die Knie an die Brust gezogen. Sie würde amüsiert die Kellerasseln mit einem Stöckchen stoßen, so dass sie sich in sich selbst zurückzogen, und warten.

Mäuschen, piep einmal.

Feixen.

Bis ich zehn war, wollte ich nicht allein in den Keller gehen, auch nicht auf die Treppe, die unter freiem Himmel in die Tiefe führte, zur Tür. Laila wusste das. Welche Überwindung es mich kostete, dort hinabzusteigen. In dieses Loch, von dem ich nicht wusste, ob es mich wieder hergab. Wie hätte ich es wissen sollen. Diese wahnsinnige Furcht. Heute kann ich mich nicht erinnern, wovor.

Du weißt doch, dass ich hier bin, rief Lailas ungeduldige Stimme aus der Tiefe.

Woher, sagte ich mir und schwieg.

Jetzt mach dir nicht in die Hose, Linn.

Ich konnte nichts erkennen. Sie saß eingehüllt in die Dunkelheit. Das Schaben des Stöckchens auf dem Steinboden. Ihr musste kalt geworden sein.

Gefunden, rief ich.

Du musst mich antippen, sonst gilt es nicht.

Keine Lust mehr.

Muss ich jetzt für immer hier sitzen bleiben?

Du musst gar nichts.

Komm schon. Du musst mich retten.

Ich setzte mich auf die oberste Stufe, meinte ihren Kopf zu sehen, eine Lichtinsel auf schwarzem Haar. Der Geruch nach feuchtem Keller stieg in gleichmäßigen Abständen auf, ich atmete durch den Mund und dachte an Brombeeren. Reife schwarze Brombeeren, wie wir sie gleich essen würden, vom Strauch in den Mund.

Ich muss hierbleiben, wenn du mich nicht findest.

Du bist ein Idiot, rief ich, lachend, trotz allem. Ich hatte jetzt wirklich keine Lust mehr, rutschte mit dem Hintern eine Stufe tiefer.

Nichts. Kein Schaben. Entfernt eine Stimme, meine Stimme, die rief:

Laila.

Dieser Zustand, den ich fürchtete, mehr noch als den Keller. Nach dem Kribbeln in den Gliedmaßen passierte nichts mehr, alles setzte aus: die Radiostimmen, die von einem der blauen Balkone in den Garten herunterwehten, das Rascheln der geschäftigen Amseln im Unterholz, Timo, der bei den Schaukeln mit einem Stock auf einen Busch eindrosch, das Grölen der Betrunkenen im Park, ihr Lachen, um froh zu werden. Der Geruch nach nassen Kleidern, Wäsche. Vogelzwitschern. Herz, meines. Das alles war da, wusste ich, aber wo?

Laila.

Ich richtete mich auf und stieg, Stufe für Stufe, hinunter, klammerte mich an das rostige Gitter. Lacksplitter lösten sich dabei und blieben an meiner feuchten Handinnenfläche kleben. Nur nicht loslassen. Wie in einem Wasserbecken nach unten sinken. Tun, als ob, damit die Angst vergeht.

Man hätte es voraussehen können. Wie sie aus dem Dunkel auftaucht, die Arme ausgebreitet, hervorbricht als etwas, das unter einer Oberfläche lauert und dann mit aller Kraft nach oben schnellt. Wie ein hinuntergedrücktes Stückchen Holz, ein Körper mit geringer Dichte unter Wasser, einfaches physikalisches Gesetz. Ans Licht, zur Luft.

Whoa, kam aus ihrem Bauch heraus, eher ein Lachen als Erschrecken. Dann setzte alles wieder ein, die Geräusche, Gerüche, Empfindungen, viel zu kraftvoll, überdeutlich, die Welt als Stakkato, und mein Herz, rasend, aber Hauptsache, es schlug.

Sie grub ihren Kopf in meinen Bauch. Ich legte meine Hände darum, griff in ihre dichten Haare, bewegte sie zwischen den Fingern. In ihnen hing der Geruch von überreifen Äpfeln. Später, wenn ich an den Kuppen roch, trat das Talgige hervor. Jeder Zentimeter ihres Körpers war bekanntes Terrain: die dichten Augenbrauen, ihre zarte, gelbstichige Haut in den Armbeugen, den Kniekehlen, über den Knöcheln. Hohe Wangenknochen. Herzform. Und die Nase, irgendwo machte sie einen Knick, kam vom Weg ab, dort saß ein schwarzer Punkt unter der Haut, ein Wegweiser, und daneben gleich noch einer. Sie waren dunkelgrün verwaschen, wie tätowiert, und saßen dort wie zwei unauffällige Äugelein.

Was ist, fragte sie erstickt in meinen fliederfarbenen Sweater. Ihr Atem füllte meinen Bauch aus, warm und schön.

Ich biss auf meiner Lippe herum, einer Narbe von ich weiß nicht mehr woher, einer Zeit vor Laila. Auf meinem Ei, so nannte sie es. Sie sagte: Fühlt sich an, als hättest du ein winziges Ei in der Lippe.

Ich habe keine Angst, sagte ich jetzt leise in die Dunkelheit, mit dir habe ich einfach keine Angst.

Was, fragte sie, zog meine Hand von ihrem Ohr, damit sie mich hören konnte, was hast du gesagt?

Nichts.

Du Idiotin, sagte sie.

Ich hielt sie fest.

Dachte, jetzt hinabsinken.

Damals konnte ich mir nicht vorstellen, dass irgendetwas zu Ende gehen könnte. Immer tiefer fallen, in einen Schlauch aus Dunkelheit eintreten, ohne eine Ahnung, was am Ende wäre, ob es ein Ende gäbe, und es wäre in Ordnung, es wäre tatsächlich okay, meine Hände und Füße waren so schwer, als wäre ich lange gerannt. Sinken, solange wir zusammen wären. Ich suchte ihren Mund im Dunkeln, fand ihn, presste meinen darauf, und sie hielt still.

Hatte sie mich also in der Hand?

Ja.
Lag ihr Schicksal in meinen Händen?
Vielleicht.
Mit Sicherheit tut es das jetzt, da ich angefangen habe, über sie zu sprechen.

Die Wahrheit ist: Ich erinnere mich nicht an ihren Geruch, manchmal sehe ich ein Bild vor mir, das sich in Wirklichkeit aus Geräuschen zusammensetzt. Vielleicht lässt sich von einem Foto auch ein Geruch ableiten. Zu Hause gehe ich sofort auf die Suche. Ich brauche es, um das hier mit einer Realität abgleichen zu können, mit etwas, das wahrscheinlicher ist, auch wenn es nur einen Ausschnitt bildet. In der Diele stehen die Kartons übereinandergestapelt, weil wir nicht die Zeit gefunden haben, um das Nützliche vom eventuell Nützlichen zu trennen und diesen Teil in den Keller zu sperren. Das stellt sich nun als Vorteil heraus. Die Umzugskisten haben die Farbe von Georgs Haar. Nur eine ist dunkler, trägt einen orangefarbenen Streifen über der Längsseite und kommt aus Ingrids Keller. Ich war nicht scharf auf die Sachen gewesen, aber Ingrid bestand darauf. Wegwerfen, sagte sie, sollte ich den Krempel schon selbst. Mit den Füßen schiebe ich sie jetzt durch den Flur, sie hat ein ziemliches Gewicht, kippe sie über die Türleiste in das letzte Zimmer auf der rechten Seite, das bald das Kinderzimmer werden soll. Eine Schraube ist unsauber hineingedreht, ihr Kopf schaut heraus, reißt die Pappe von unten auf. Ich schiebe die Kiste bis unters Fenster, es geht zum Hof, deshalb ist es still. Die Decke ist abgehangen, und die Ecken sind schattig. Es ist klein, es ist ungefähr so, als säße man in einer Höhle. Ich setze mich auf den Boden, vor den Karton. Aus einem kleinen Loch in der Decke ragen verzwirbelte Drähte, es gibt noch kein Licht.

Das Foto ist nicht in dem Stapel zwischen den anderen Fotos. Es steckt im Deckel eines alten Tuschkastens fest, bei dem sowohl das Grün als auch das Rot fehlt. Was mir seltsam erscheint, weil alle anderen Farben unberührt geblieben sind. Als hätte ich meine gesamte Kindheit nur rote und grüne Bilder gemalt, was vielleicht einfach die Wahrheit ist.

Es ist undatiert.

Wir sind vielleicht elf.

Wir sind Kinder, tragen bunte Schminke im Gesicht, lausige Taubenfedern im Haar und dazu diese lächerlichen Badesachen. Ich pinke Shorts, Laila einen Badeanzug. Um ihre Taille läuft ein absurder Rüschensaum. Beide tragen wir Mittelscheitel und Pony, wobei mein Haar kurz ist, hellblond, fast weiß, und fransig, Lailas lang. Da ist ein Nebel auf meinem Gesicht, der alles verschmiert, eine Unschärfe, obwohl Laila und auch alles andere gestochen scharf zu erkennen sind. Vielleicht ein Fettfleck, ein Tropfen Wasser auf der Linse. Georg bemerkt es nicht einmal, als er mich zum Abendbrot ruft, stattdessen sagt er schmunzelnd: Du siehst darauf aus wie ein kleiner Pascha, und streicht mir über den Hinterkopf, den echten, nicht dem auf dem Foto.

Quatsch, sage ich, aber Georg hat recht.

Ich habe meine rechte Hand auf Lailas Bauch abgelegt, und mein linker Arm ruht auf ihrer Schulter, besitzend lächle ich in die Kamera. Und Laila legt den Kopf schief, schaut von unten hoch, mit diesem Lächeln, als würde sie flirten, als könnte sie das schon.

Je länger ich das Foto betrachte, das jetzt über meinem Arbeitsplatz hängt, in diesem Halbdunkel, umso stärker wird mein Eindruck, Laila sehe mich an. Was Unsinn ist, denn ich stehe ja neben ihr. Sicher scheint mir heute, dass Götz den Auslöser drückte. Das Foto muss auf einem unserer Ausflüge entstanden sein. Meine Eltern waren froh über Laila, die mir Gesellschaft leistete, und Laila, das kann man auf dem Foto gut sehen, war froh über die Abwechslung. Wir nannten unsere Ausflüge Landpartien, wobei das Land gebrochen war. Umgestülpt, verunsichert. Die Betonwege waren aufgeplatzt. Man sah die Risse, aber nicht das, was unter der Oberfläche lag. Einmal wurden wir Zeuginnen, wie ein Bauarbeiter den Asphalt mit einem Trennschleifer öffnete, konzentriert und sauber wie in einem OP-Saal setzte er längs einen Schnitt in den brüchigen Teer. Darunter, erklärte er uns, befinde sich eine alte Laterne, die mit der Zeit immer wieder nach oben triebe und von unten den Belag aufreiße. Tatsächlich, ein Hügel kroch empor. Wir staunten, bald würde der Asphalt nachgeben.

Überbleibsel aus dem Zweiten Weltkrieg. Er hob seine Hand, nicht mahnend, ballte sie zur Faust, an seinem schwarz verschmierten Handgelenk traten deutlich die Sehnen hervor, wie feine Äste.

Das ganze Zeug bleibt ja nicht, wo es soll. In einem Jahr rufen sie uns wieder an, spätestens, sagte er mit der gespielten Miene eines Verwunderten.

Was wohl noch alles unter dem Teer begraben lag, unter unseren Schritten. Von da an liefen wir vorsichtig, tastend.

Er ließ los, die Faust sauste ins Leere und entspannte, baumelte dann neben ihm, leblos wie eine angespülte Qualle am Strand. Auf dem Rückweg sahen wir nach. Im Boden fanden wir ein frisch geteertes Quadrat vor.

Das war kurz nach der Wende, und es war nicht so, dass ich immer Lust auf diese Ausflüge hatte. Die Menschen misstrauten uns, im Grunde allen, die aus der Stadt kamen, speziell Westberlin. Wir rauschten schulter zuckend an ihnen vorbei durch die vom Sommer blonden Rapsfelder. Wir hatten keine Ahnung von Politik, Laila und ich, wir wussten es trotzdem. Oder hatten wir nur das unbestimmte Gefühl, hier geschehe ein Unrecht? Wir würden den Menschen ein Unrecht antun, so behandelten sie uns zumindest. Später, ich war schon in der Oberstufe, dachte ich an diese Ausflüge zurück, der Politik-Lehrer Herr Kruse hatte mit seinem Projektor eine Art Cartoon an die Wand geworfen. Etwas, das unser Denken in Gang setzen solle, so beschrieb er es, und ich stellte mir vor, wir wären lauter kleine Hirn-Maschinen.

Ich war gerade fünfzehn geworden.

Ich war mir sicher, kein Kind mehr zu sein, auch wenn ich nicht wusste, ob das bedeutete, dass ich dann schon eine Frau war. Wir hatten gerade ein neues Kapitel aufgeschlagen, das Wiedervereinigung hieß, und obwohl wir in einer Stadt lebten, die noch bei unserer Geburt geteilt gewesen war, wussten wir nichts damit anzufangen.

$1 + 1 = 1$ stand an der Wand.

Und, fragte Kruse erwartungsvoll in die Klasse. Er war jung, noch Referendar, und wollte so offensichtlich von uns gemocht werden. Ich weiß nicht, warum ich mich meldete, ich hatte kein Mitleid mit ihm, das Schweigen war unerträglich geworden. Er hatte sich an die Kante des Pults gelehnt, die Hose spannte im Schritt. Er rollte einen Bleistift in der linken Hand, ich hielt seinem Blick stand, er zwinkerte.

Da fiel mir wieder der Regenwurm ein, den Laila und ich versucht hatten zu teilen, mehrmals, sein Körper war widerständig gewesen, und unser Glaube, beide Teile könnten gleichermaßen überleben, war noch nicht enttäuscht worden.

Kruse würde mit allem einverstanden sein, wusste ich, also schnellte meine Hand in die Höhe, und er sagte, ja bitte, Linn. Die Spitze des Stifts war nun auf mich gerichtet, mich allein. Plötzlich musste ich schlucken, mein Mund wurde trocken.

Es bedeutet, sagte ich langsam, dass bestimmte Dinge zusammengehören. Sie sind ein und dasselbe, so sehe ich das, man sollte erst gar nicht versuchen, sie zu trennen.

Er nickte erleichtert, aber es war nicht die Antwort gewesen, die er erwartet hatte. Das konnte ich deutlich sehen, er bemühte sich, das nicht zu offen zu zeigen, ja, das schon, aber es gelang ihm nicht.

Oder, sagte Sarah jetzt, die neben mir saß und die niemals die Erste sein wollte, die sich meldete, aber trotzdem diese ganzen klugen Sachen wusste, man lässt was unter den Tisch fallen, wenn man zwei Dinge in einen Topf schmeißt.

Wir waren ein ziemlich gutes Team.

Sein Gesicht klarte auf, ein Himmel nach dem erlösenden Gewitter – endlich –, voller Enthusiasmus hob er die Hand und stach mit der Spitze des Bleistifts in die Luft, ich spürte seine Euphorie wie dicke pralle Regentropfen auf meine Kopfhaut niederprasseln.

Stille, alle warteten ab.

A-ha, machte er, um sie zu bekräftigen, wobei er die zweite Silbe betonte. Da wusste ich, dass es das war, worauf er hinauswollte. Immer wollten Lehrer auf etwas Bestimmtes hinaus, auch wenn sie versuchten, das vor uns, vielleicht auch vor sich selbst zu verbergen.

Hatte Sarah also recht gehabt? Wir waren nicht willkommen, das zeigten uns die Menschen deutlich, indem sie sich hinter ihren Häkelgardinen versteckten, wenn wir über die Hauptstraße ins Dorf einfielen, in ihr Dorf. Auf unseren funktionalen Mountainbikes rollten wir übermütig freihändig ins Zentrum. Laila und ich immer vorneweg, Götz und Ingrid hinterher. Wir waren die Kundschafter, hielten Ausschau, nach einer Wirtschaft oder Menschen, die uns den Weg weisen würden. Manchmal sahen wir einen Schatten über die Vorgärten flitzen, dann fiel kurz darauf eine Tür ins Schloss. Katzen gab es keine, vereinzelt bloß Hunde oder Bilder von Hunden an Zäunen mit der Aufschrift: Achtung, hier wache ich, und ich glaubte immer, es könnte sich dabei bloß um Behauptungen handeln, man hörte nie ein Bellen.

Heute muss ich aufpassen, dass ich nicht fälschlicherweise Sarah auf das Rad setze, sie neben mir sehe, ihre dunkelblonden Haare vom Fahrtwind abgedrückt und die runde Form ihres Schädels, die hierbei in Erscheinung tritt. Ihren Mund sehe, die Lippen gespitzt. Damals gab es sie noch nicht, es gab nur Laila, uns beide, und diesen unbändigen Hunger auf Schnitzel mit Pommes, Wildschweinbraten mit Preiselbeeren, gebackenen Käse und Krautsalat, Wurstbrot mit saurer Gurke. Wir sagten zu den Wirten, wenn wir endlich das eine Lokal gefunden hatten: Wir nehmen das alles, bitte, nehmen, was ihr dahabt. Wir waren die einzigen Gäste. Vor den Fenstern hingen staubige Gardinen. Im Garten speckige Plastikstühle unter einem aufgespannten, von der Sonne gebleichten Schirm, der mich traurig werden ließ, ohne dass es einen Grund gegeben hätte. Es dauerte, bis jemand kam, um unsere Bestellung aufzunehmen. Laila und ich fingen Wespen in unseren Limonadegläsern und protokollierten ihr Sterben, wie die Insekten erst ganz berauscht von dem Zucker umhertaumelten, sich daran labten. Dann, wenn sie genug hatten, versuchten sie zu entkommen, aber immer und immer wieder stießen sie gegen das Glas, bis sie erschöpft in eine Lache Limo kippten und die Flügel verklebten. So lagen sie, bis sie schließlich nicht mehr fliegen konnten. Erst dann schenkten wir ihnen die Freiheit. Während meine Eltern neben uns immer noch über eine Radwegwanderkarte gebeugt waren, in die Ingrid mit rotem Filzstift die Route eingezeichnet hatte. Man fühlte sich vom Tresen aus beobachtet, so still war es, und obwohl da niemand war, den man hätte stören können, sagte Ingrid, wir sollten leise sein. Und wir begannen zu flüstern.

Wir brauchen uns nicht zu verstecken, sagte Götz entschieden und laut. Für ihn spielte es keine Rolle, ob wir den Weg wussten, wo wir waren. Er stellte sich an eine Kreuzung und sprach Menschen an. Falls dort niemand stand, rief er in Gärten hinein, klingelte an Türen, hinter denen misstrauische Gesichter erschienen.

Komm, sagte Ingrid, ich weiß doch, wo lang. Sie hielt die aufgefaltete Karte in beiden Händen, ein Wind blies hinein, blähte sie auf, und tatsächlich war sie ausgezeichnet darin, uns nach Hause zu navigieren, wenn wir uns verfahren hatten.

Aber Menschen wollen sich doch verständigen, erklärte Götz Laila und mir, vielleicht auch Ingrid, daran hielt er fest, wie sie an ihrer Karte. Die Menschen gaben ihm recht. Sie antworteten, die kleine Kapelle müssten wir sehen, ganz in der Nähe gebe es eine versteckte kleine Badestelle, und dann erst die Pest-Ruinen ein paar Kilometer südwärts, sehr schau.

Diese wohlige Lust, die durch Lailas Blick rieselte, meine eigene Gier in ihren Augen.

Schau.

Tatsächlich nahm eine Kellnerin dieses Wort in den Mund, das für uns eine Sensation war. Die Kellnerin trug hellblauen Lidschatten. Auf dem Kopf saß ein Nest aus Kunsthaar. Glitzerkrümel lagen ihr wie Schuppen auf den Schultern. Sie war vielleicht Anfang vierzig, so alt wie Ingrid, ihre Augen wirkten leicht entzündet oder traurig. An der Hüfte rollte sich der Speck auf, quoll über die Bänder der Schürze, die zu fest verschnürt waren. Laila stieß mein Knie an. Ich zog kritisch die rechte Augenbraue in die Höhe, das hatten wir gerade erst von Götz gelernt. Ein altes Mädchen, so daneben wie die Lehrfilme aus der Schule, Menschen mit Schlaghosen, die cool sein wollten, aber genau deshalb doch auf keinen Fall cool sein konnten, die Frisuren unserer Mütter auf rotstichigen Fotos. Es war kaum auszuhalten. Also kicherten wir ungehalten, und wie meine Eltern uns dabei ansahen, werdet ihr wohl!, machte es nur noch mehr Spaß – jetzt seid doch endlich still.

Jeden Augenblick begann eine von uns aufs Neue, eine Lachsalve abzufeuern. Schau, schau, schau. Wir waren außer uns, uns dabei der Brutalität bewusst. Wir sahen ja die Kellnerin, ihre Kränkung. So sanken wir unter den Tisch, das speckige Plastik. Die Scham rollte über uns hinweg wie der Schatten eines Vogels, der am Rand des Sichtfelds vorbeizieht, wir beachteten sie kaum. Als Verbündete hockten wir kichernd zu Ingrids Füßen, die verzweifelt versuchte, uns zu entschuldigen.

Die sind albern, sagte sie, den ganzen Tag schon. Es tut mir leid, wirklich, Mädchen in dem Alter sind, ich weiß auch nicht, neben der Spur? Finden Sie nicht, Sie verstehen schon. Der Nachsatz eine flehentliche Bitte, mit einem Fragezeichen versehen. Götz schwieg eine ganze Weile, hörte Ingrid zu. Dann sagte er: Ist gut, Ingrid, lass gut sein.

Seit wir am Morgen aufgebrochen waren, machten sie einen Bogen umeinander, ohne sich dabei aus den Augen zu lassen. Selbst in der Bahn, wo wir auf zwei gegenüberliegenden Bänken Platz gefunden hatten, warfen sie sich abschätzige Blicke vor die Füße. Es würde vorübergehen, dachte ich. Oder nicht. Vielleicht war es schon immer so gewesen. Ich wollte nicht weiter darüber nachdenken, fixierte stattdessen die Füße der Kellnerin, die in altmodischen Flechtsandalen steckten. Darüber wölbten sich stämmig ihre Waden wie bleiche Brötchen. Von den Fußnägeln platzte ein tiefblau leuchtender Lack. Ich musste mir die Hand vor den Mund schlagen, so kurz davor stand ich, wieder loszuprusten. Laila griff danach, mit ihrer Hand, die heiß und von der Limonade klebrig war. Mit einem elektrisierenden Ruck zog sie mich zu sich heran. Ich spürte ihre Wärme, unseren Übermut. Es muss dieser Tag gewesen sein, an dem wir uns zum letzten Mal küssten.

Mit Mitte zwanzig hatte ich versucht, Laila im Netz zu finden. Hinweise darauf, wie ihr Leben jetzt aussah. Spuren, um eine Vorstellung zu gewinnen. Oder mir war einfach langweilig, das ist möglich. Es gab damals nichts Besonderes zu tun. Für eine kurze Weile ließ mich das Internet glauben, aus Laila wäre eine Anwältin für Scheidungsrecht geworden. Und ich freute mich ehrlich für sie, auch über die Ironie, die darin lag. Am Ende fand ich allerdings ein Foto auf der Webseite, das unmöglich Laila sein konnte. Die abgebildete Frau war Anfang fünfzig, mager und trug das falsche Blond. Es schimmerte kupferfarben. Die Lippen hatte sie schmal aufeinandergepresst. Unter dem Foto schrieb sie, sie wolle ihre Mandanten durch eine schwere Zeit begleiten, nicht nur als Anwältin, auch als Mensch, und das wiederum kam mir irgendwie falsch vor. Sie hatte trotzdem gute Bewertungen, viereinhalb Sterne. Ernüchtert schloss ich den Laptop und legte mich ins Bett. Ich löschte auch das Licht, aber ich konnte absolut nicht einschlafen, obwohl es schon nach Mitternacht war. Im Dunkel waren die Fragen auf einmal dringlicher, sie warfen sich auf mich, mit all ihrem Gewicht, und es gab kein Entkommen, keine Ablenkung. Es war, als schöben sich all die Möglichkeiten – die verschwommenen Profilbilder, Namensnennungen in Lokalblättern und Einträge auf ancestry.com, die nicht Laila waren – zu einem Umriss zusammen, von dem sie sich als ein weißes, leeres Blatt abhob. Nicht das, was sie tatsächlich war, bestimmte ihre Gestalt, sondern alles, was sie nicht sein konnte. Ich stand wieder auf, machte Pfefferminztee mit Honig, dann gab ich meinen eigenen Namen in die Suchmaschine ein und sondierte die Treffer. Dabei versuchte ich mir auszumalen, was Laila denken würde, würde sie nach mir suchen. Mir war klar, dass sie das nicht tun würde – warum sollte sie?

Zu dieser Zeit arbeitete ich als Assistentin in einer kleinen Galerie in Helsinki. Die ganze Welt kam nach Berlin, ich konnte es nicht erwarten, die Stadt endlich hinter mir zu lassen. In Helsinki wurde es nie richtig hell, außer wenn Schnee lag. Das gefiel mir. Ich ging früh aus dem Haus und kam erst spätabends wieder. Von meiner Wohnung, die ich mit Aino teilte, konnte man auf einen Park sehen, einen kleinen Tümpel, in dem Enten lebten. Wie konnten sie so leben, fragte ich mich jeden Tag aufs Neue. In der Kälte, dem vielen Eis, und aus irgendeinem Grund kam mir nicht in den Sinn, dass auch ich so lebte. Wenn ich nach Hause kam, sah ich als Erstes nach, ob sie noch da waren. Alle meine Enten, ich zählte sie. Dann brühte ich Nudeln mit einer Gewürzmischung auf oder machte eine Tütensuppe warm, während meine Mitbewohnerin mir über die Schulter sah. Sie sagte, ich esse nicht anständig. *You don't eat well*. Aino war aschblond und hatte schöne, lang geschwungene Wimpern. Sie studierte Amerikanistik und verschluckte die Endungen der Wörter beim Sprechen, als wollte sie sie für sich behalten. Weder mochte ich sie richtig, noch mochte ich sie nicht. Wir liefen uns ohnehin selten über den Weg, außer eben am Abend.

This is why you are always tired, sagte sie und deutete mit ihrem langen dünnen Zeigefinger, an dem ein Totenkopfring wie ein zusätzliches Glied steckte, auf den Abfalleimer. Obenauf lag die aufgerissene Packung Tomatencremesuppe, die ich gerade aß und die süß und sauer und künstlich schmeckte, dazu angenehm auf der Zunge prickelte. Natürlich wusste ich, dass das nicht gesund sein konnte, und das war auch nicht der Punkt. Ich versuchte nicht, mich zu erklären.

Eines Morgens fand Aino mich schwitzend und zerknittert unter meinen Laken begraben.

Sie triumphierte: *I told you,* und zog dabei die Brauen zusammen, *you know*. Nichts wusste ich, denn ich konnte nicht einmal aufstehen und fror erbärmlich. Sie legte mir ihren Totenkopf-Finger an die Stirn, es war für mich die erste Berührung seit Wochen. Meine Stirn pochte gegen das Kühle des Metalls, ich wollte mich übergeben. In diesen Nächten, in denen das Fieber nicht sinken wollte, bugsierte sie entschlossen ihre Matratze in mein Zimmer. Sie legte sie neben mein Bett auf den Dielenboden und blieb die ganze Nacht, obwohl wir uns kaum kannten. Ich hielt sie nicht davon ab. Leise hörte ich sie atmen, das Knarzen des Bodens, wenn sie sich auf ihrer Matratze umdrehte und das Holz nachgab, während ich durch meine vagen Träume tauchte. Manchmal fühlte ich einen Körper neben mir auftauchen wie einen Berg, sein Gewicht auf der Matratze, und griff danach, hielt ihn fest. Erwischte ich eine Strähne Haare, zog ich sie zu mir heran und lutschte an deren Ende, bis sie mir sachte aus dem Mund genommen wurde. Dann drehte ich mich zur Wand, schlief weiter.

So ging das bestimmt ein paar Tage. Dass ich sie Laila genannt hatte, erzählte Aino erst Wochen später, als ich wieder auf den Beinen war und wir zu unserer freundlichen Distanz zurückgefunden hatten.

Wir standen in der winzigen Küche, Rücken an Rücken. Ich schälte einen Apfel, den sie gekauft hatte, und betrachtete die Enten. Die gelöste Haut kringelte sich in einem einzigen glänzenden Streifen Richtung Boden.

Sie sagte beiläufig: Und wer ist nun diese Laila?

Kurz zuckte ich zusammen, so dass ich mir beinahe das Messer in die Hand gerammt hätte.

Du hast ihren Namen gesagt, sie wandte mir ihr unbeteiligtes Gesicht zu. Als du krank warst, weißt du das nicht mehr?

Es klang wie ein Vorwurf.

Laila ist eine alte Freundin, sagte ich, und das war nicht gelogen. Ich zerteilte den Apfel auf einem Holzbrett. Eine Hälfte sprang weg, landete auf dem matt glänzenden grauen Linoleum. Ich bückte mich, um sie aufzuheben. Damit war das Gespräch beendet. Aino fragte nicht weiter, und ich erzählte ihr nichts von meinen nächtlichen Recherchen. Vielleicht wurde mir dort, die Stadt im Rücken, zum ersten Mal bewusst, dass Laila mir gefehlt hatte, die ganzen Jahre schon.

Sie verschwand an einem Dienstag. Ich weiß nicht, warum ich mich genau an den Wochentag erinnere, aber so ist es. Anderes habe ich vergessen.

Die Sache war die: Da war einfach nichts gewesen, wo Laila hätte sein sollen. In Gedanken ziehe ich jetzt noch einmal die schwere Kellertür auf, und sofort schlägt mir dieser modrige Geruch entgegen. Ein Geruch nach fauligem Überfluss. Nichts von dem, was hier lagert, wird wirklich gebraucht. Ich mache Licht, aber die Birne brennt nur schwach. Ich muss mich überwinden, weiterzugehen, noch einen Schritt tiefer, dann noch einen und noch einen. Die unverputzten Wände scheinen zu atmen, die niedrige Decke dehnt sich aus und fällt zusammen. In einer Ecke stehen die Einzelteile eines Fahrrads wie die stummen Zeugen eines Unfalls. Ein verbogener Lenker, ein umgestürzter Rahmen, von dem ein aufgeschlitzter Sattel kippt. Aus seinem Inneren quillt der Schaumstoff, und daneben lehnt auch ein zusammengeklappter Rollstuhl. Er ist von staubigem Flaum bedeckt. Schützend werfe ich die Arme über meinen Kopf, obwohl ich weiß, wie lächerlich das aussehen muss. An der gegenüberliegenden Wand lehnt die Matratze. Am Boden eine Insel aus nasser Pappe. Sie riecht nach Urin, nach Rattenpisse. Ich rufe ihren Namen, etwas streift meine Schläfe, bleibt kleben. Was. Laila, rufe ich in den Raum, aber meine Stimme versagt, und überhaupt, hier gehört sie mir nicht. Ich will noch mehr sagen, mich für alles bei ihr entschuldigen, aber niemand hört zu.

Was hätte ich Laila erzählt, hätte ich sie gefunden? Wollte ich sie überhaupt finden? Da waren nichts als lose Enden, und ich hatte niemanden, den ich danach fragen konnte. Ob es wirklich ein Dienstag war, zum Beispiel. Ob es vielleicht einfach an der Hitze lag. Ob es das war, was uns so benommen gemacht hatte. Niemand hatte sie vorhergesehen, sie war unerträglich, legte sich als eine unsichtbare Hand über alles und hielt uns für mehr als eine Woche im Würgegriff. In den summenden Gefrierfächern lagerte zu wenig Eis, die Verkehrsbetriebe streikten. Ausflüge ans Wasser waren nicht vorgesehen, die Stadtbäder überfüllt. Das lässt sich mit Sicherheit sagen, so war es jeden Sommer. Sobald die ersten heißen Tage anbrachen, in denen alles sofort wegschimmelte, reichte die Schlange vorm Prinzenbad bis vor zur Straße und manchmal darüber hinaus, versammelte unterschiedslos Stadtbewohner. So ist es bis heute. Ob es wirklich zu heiß war, um einen klaren Gedanken zu fassen, einen wirklichen Plan zu schmieden, wie es sich aus dieser scheinbar zwangsläufigen Lage ausbrechen ließe. Oder ob wir uns das nur einredeten, im Nachhinein, um eine Entschuldigung zu haben. Wobei es uns so nicht mehr gibt, diese Gruppe, nur noch ein loses Gefüge, das in der Erinnerung zusammenhält.

Ob wir uns auf diese Weise also selbst überlassen waren und achtlos durch die Nachmittage trieben. Man von der Straße her Autos hupen hörte, lärmende Musik. So stelle ich es mir heute vor: Wer konnte, öffnete das Verdeck, kurbelte die Fenster herunter, ließ lässig einen Unterarm heraushängen und drehte volle Kanne auf. Im Park auf der anderen Seite des Zauns klimperten die Penner mit ihren Bierflaschen. Einer von uns hatte immer Geld, der holte am Kiosk ums Eck Wassereis. Rot, weiß, gelb, was wollt ihr haben, fragte der Verkäufer, und er war sehr nett dabei. Er hatte uns gern. Das Rudel nannte er uns. Ob wir wirklich alle Himbeere wollten. Immer wollten alle Himbeere, wegen des tiefroten Farbstoffs, der auf Zunge und Lippen haften blieb, beide unwirklich erscheinen ließ. Ob der Kioskmann dann sagte, das ginge nicht, nur rotes Wassereis. Das könne er uns nicht verkaufen.

Und darauf Can: Verarsch uns nicht, in dieser scherzenden Tonlage, die eigentlich schon eine Provokation sein sollte.

Tut mir leid, Kinder, erwiderte er, der Anfang zwanzig gewesen sein musste, setzte zu Erklärungen an, aber wir hörten schon gar nicht mehr zu.

Ob er wirklich Kinder gesagt hatte. Wir wollten keine mehr sein. Wir könnten uns ja bei der Wassereisfirma beschweren, wenn wir so versessen darauf seien. Er jedenfalls müsse sehen, dass er nicht auf den restlichen Sorten sitzenblieb. Ob Timo sich daraufhin abgewandt hatte oder schon viel früher. Jetzt stand er jedenfalls dort mit dem Rücken zu ihm und der Truhe, die Arme entschlossen vor der Brust gekreuzt. Mit einem Tuch, das er zusammenklumpte, wischte sich der Kioskmann über die glatte Stirn. Sein Haar war bis auf eine verklebte Strähne am Vorderkopf kurz rasiert. Wir waren seine besten Kunden. Ob er das auch wirklich wusste. Wenn wir ein Rudel waren, dann war Timo unser Rudelführer. Auf keinem anderen Grundstück der Straße wohnten so viele von uns. Der Besitzer drehte sich in Zeitlupe um und ging, fast tänzerisch, um seine Friedfertigkeit zu betonen, an seinen Platz hinter der Theke. Ob in eben diesem Moment die bunt beklebte Gefriertruhe bebte, zack, und noch einmal, ein Fuß dagegenrauschte. Ob es Malvina war, die lachte, so dass ihre Lippen die großen, gleichmäßigen Schneidezähne freigaben, während Timo mit voller Kraft zutrat. Für sie war es vielleicht ein Spiel, für Timo, das erzählte sein zorniges Gesicht, keineswegs. Ob wir auf ein Zeichen davonrannten, albern kichernd über die Straße in Richtung des schützenden Hauseingangs, unseren Schoß, und wer dann dieses Zeichen gegeben hatte. Ob Timo allein ging und warum, mit diesen geschmeidigen, langen Schritten, als wolle er uns und allen in der Straße beweisen, dass er keine Angst hatte. Nicht vor seinem Vater, nicht vor dem Kioskmann und am wenigsten vor sich selbst.

Ob es ein Zufall war, dass wir Laila vor unserer Haustür begegneten, oder ob wir sie finden wollten, irgendjemanden. Und wer das eigentlich gewesen ist, der plötzlich rief:

Da ist sie ja, da ist Laila.

Aber von vorn. Wie hat das alles angefangen? Wenn es einen Anfang gibt, denke ich jetzt, dann kann es auch ein Ende geben, das mich erlöst, Laila, wie sie dort vor der Haustür steht, ja, uns beide. Ich erinnere mich an eine andere Zeit, daran zum Beispiel, wie wir im Wohnzimmer standen, den Kopf in den Nacken gelegt.

Er hat geschissen, rief Laila lachend und griff nach meinem Ärmel. Da, er hat auf den Tisch gekackt. Laila hing an diesem Vogel, einem Wellensittich. Götz hatte mir erzählt, von Vogelkacke könne man unter Umständen blind werden, deshalb hielt ich eine Hand über die Augen, als würde ich sie beschatten. Das Tschilpen war ohrenbetäubend, so dass die Großmutter eine Häkeldecke nahm und sie kurzerhand über den Käfig warf. Dann erst wurde es still. Sie lag dort über dem Gitter, solange ich zu Besuch war. Die Großmutter wusste von meiner Angst, obwohl ich es niemals zugegeben hätte. Sie lachte darüber, Schatz, sagte sie. Und trotzdem raste sie jedes Mal wie ein junges Mädchen durch die Wohnung, hopste an der Schrankwand hoch, ich glaube, sie hatte ihre Freude dabei und mich zum Vorwand für ihre Albernheit. Die eingerollte Zeitschrift in der rechten Hand. Laila musste ihr schlussendlich helfen, dann doch, sie hatte eine kaputte Hüfte. Und erst wenn der Vogel in seinem Käfig Ruhe gegeben hatte, kam die Großmutter zu mir, nahm meinen Kopf in ihre roten Hände, hielt ihn kurz auf diese Weise. So nah an ihrem, dass ich den Atem am Kinn spürte, dann küsste sie mich auf die Stirn.

Willkommen, sagte sie.

Sie roch nach Karamellbonbons, den originalen, nicht der Fälschung, darauf legte sie Wert. Und wenn sie lachte, wurden drei ihrer Zähne sichtbar, die wie die Bonbons in Gold gewickelt waren.

Dann starb Lailas Großvater. Ein gut gekleideter Mann, er trug eine Weste unterm Jackett und Hut. Immer sah es aus, als müsste er gleich aufbrechen, als würde er nur kurz eine Pause einlegen. Wie ein Luftholen zwischen zwei Terminen, auf seinen Gehstock gestützt, während die Arbeit auf ihn zu warten schien. Aber am Ende des Tages saß er immer noch da, unbewegt stierte er vor sich hin. Dabei sah er nicht unglücklich aus. Der große Tag, schien seine Körperspannung auszudrücken, wird noch kommen. Morgen. Vielleicht. Die Arbeit wurde ohne ihn getan, in einer Welt, die verkehrt war, weil sie ihn dafür nicht brauchte. Er saß immer auf demselben angestammten Platz, wenn ich zu Besuch war, immer auf der großen, mit Cord überzogenen Couch. Er ruhte da in seiner Kuhle, die erst ohne ihn sichtbar wurde. Als er nicht mehr da saß, sondern nur noch die Großmutter, die zärtlich darüberstrich. Seinen Körper verpackte man vorschriftsgemäß und flog ihn nach Izmir. Warum ausgerechnet Izmir, wollte ich wissen, warum ihn nicht hier, ein paar Straßen weiter, auf dem Friedhof begraben.

Er wollte nach Hause, sagte Ingrid, hast du das etwa nicht gewusst?

Als hätte ich es wissen müssen.

Und fortan stellte ich mir vor, wie er jeden Tag mit der Idee aufgewacht war, heute aufzubrechen, wirklich, und dann doch sitzen geblieben war. Er war sitzen geblieben, obwohl sich die Dinge nur im Stehen hätten ändern lassen können, das sagte die Großmutter immer. Man muss aufstehen, wenn man was erreichen will. Vielleicht hätten die Dinge für ihn im aufrechten Gang anders ausgesehen. Trotz allem, es war nicht seine Schuld.

Der Vogel war von einem auf den anderen Tag verschwunden.
 Wir dachten, er wäre der Großmutter gefolgt, die wiederum dem Großvater hinterherflog. Oder zumindest dem, was von ihm übrig geblieben war. Laila hatte den Schlüssel für die Wohnung behalten, und es war niemandem aufgefallen. Niemand hatte es uns verboten, und trotzdem schlichen wir durch die Räume, als wären wir Diebinnen. Einzelheiten, an die ich mich erinnere: der Geruch nach uralten Teppichen, das schummrige Licht am Nachmittag, das am Abend in ein bläuliches Schimmern überging, ausgesandt von den Laternen vor dem Fenster, wenn es dunkel wurde. Die spiegelglatte Keramikoberfläche des Couchtisches. In den Heizungsrohren gluckerte es, und über allem hing ein grauer Schleier, der die Gegenstände unberührt und verlassen wirken ließ. Stuhlbeine waren eingewebt von Staub, der in unseren Kehlen kitzelte. Ich wollte das Fenster öffnen, aber Laila hielt mich zurück. Sie zog sich wortlos die geblümten Socken von den Füßen. Die Schuhe hatten wir aus Gewohnheit in den Flur gestellt, gleich neben die Wohnungstür.

Es war ganz still. Laila lag eingerollt auf der Seite, die Knie an die Brust gepresst. Ihr kompakter Körper atmete in die Leere des Raumes. Was auch immer der Sinn war, ich folgte ihrem Beispiel, rollte meine Socken von den Füßen und legte mich neben sie. Mein Shirt rutschte hoch, ich zog es herunter und strich es glatt. Ihre Wirbel, die sich deutlich unter dem dünnen zitronengelben Stoff hervortaten. Im Atmen dehnte sie sich aus, fiel zusammen. Immer schneller, als wäre sie eine lange Strecke gerannt. Erst als sie Rotz durch die Nase hochzog, war ich mir sicher.

Laila.

Ich legte meinen Arm auf ihre Hüfte, rollte mich an ihren gekrümmten Körper heran, ich hielt sie fest, so fest ich konnte.

Laila?, fragte ich.

Sie rückte weg, stieß mich von sich. Ich plumpste zurück. Blieb auf dem Rücken liegen. In ihrer Bewegung hatte eine erstaunliche Kraft gelegen, überraschend wie bei einer Sprungfeder, von der man den Finger löst. Unter dem Fenster fuhren Autos zweispurig vorbei. Jemand beschleunigte, ein Motor heulte auf. Vielleicht ein Wettrennen entlang der Hochbahn. Die Strecke war eine Gerade, die bis zum Kurfürstendamm führte. Manchmal irrten hier Touristen umher. Verloren standen sie mit ihrem Stadtplan in der Gegend, hielten Ausschau nach Boutiquen, die Handtasche fest umklammert, suchten verstohlen nach Gucci und dem Kaufhaus des Westens, aber da waren nur Woolworth und die Prostituierten. *This is the street,* sagten wir, *this is not Ku'damm,* wenn wir Lust dazu hatten. In einem schlecht betonten Englisch, wie wir es von Götz gelernt hatten.

Lailas Atmung flachte ab, bis sie schließlich wieder gleichmäßig ging. Mit geschlossenen Augen folgte ich ihrem Rhythmus. Ein und aus, bis wir eins waren. Für ein paar Sekunden musste ich weggedöst sein, denn als ich zu mir kam, spürte ich nichts mehr. Blitzschnell setzte ich mich auf und versuchte mich abzulenken, untersuchte meine nackten Füße, pulte schwarze Fussel unter den Nägeln hervor und roch daran. Dann kam ich mir deshalb eklig vor. Mein Herz ging, als wollte es sich losmachen. Im Aufstehen verlor ich das Gleichgewicht, kippte beinahe um. Wie ich die Tür hinter mir schloss, mit der aufgerauten Oberfläche unter den Fingern den dunklen Flur hinunterlief, ohne Licht zu machen, und in den Hof trat. Dort spielten die anderen, sie schienen auf mich zu warten. Das alles konnte ich sehen. Aber ich blieb stehen. Und in diesem Moment rollte Laila auf den Rücken, ihre Augen waren rot und verquollen, an den Rändern feine Äderchen aufgeplatzt.

Kannst du hierbleiben?, fragte sie mit leiser Stimme, die ich nicht kannte, bitte.

Diese dunkle Kammer, die sie in sich trug und die so plötzlich aufgeschnappt war.

Sie streckte die Hand aus, mir entgegen. Was richtig gewesen wäre: sie zu nehmen. Ihr aufzuhelfen. Oder, wenn es nötig wäre, so lange mit ihr dort unten sitzen zu bleiben, bis sie aufstehen konnte.

Komm, wir gehen, sagte ich stattdessen.

Lailas Blick vernebelte sich, etwas schob sich zwischen sie und mich, die Welt, wie eine schmutzige Gardine. Sie lachte.

Ich weiß was, sagte sie.

Um uns herum: zusammengeknülltes Stanniolpapier in grellen Farben, Puffreis und Chipskrümel. Laila mittendrin. Sie saß auf der Couch wie eine anmutige Königin auf einer Müllhalde, eingedeckt von Tüten, Süßstoff und künstlichen Aromen. In ihren offenen Haaren klebte Zucker. Sie stopfte sich immer abwechselnd eine Hand aus der Chio-Tüte und ein Kinder-Schoko-Bon in den Mund, lutschte schmatzend, kaute.

Süß und salzig, schmeckt richtig geil, sagte sie von ihrem Thron herunter.

Ich saß vor ihr auf dem Boden und hielt mir den Bauch, aß weiter, obwohl mir längst schlecht war. Wir hatten alles, was wir in der Schrankwand an Vorräten finden konnten, in uns hineingestopft. Alles probieren lautete die einzige Regel für dieses Spiel, das Laila sich ausgedacht hatte. Der Fernseher lief auf mittlerer Lautstärke, wir sahen kaum hin.

Ich glaub, ich kotz gleich, sagte ich. In Wirklichkeit hatte ich das Gefühl der Übelkeit schon überwunden. Die hysterischen Stimmen im Fernsehen beruhigten, ließen mich an nichts Bestimmtes denken.

Komm, ich zeig dir was.

Laila strich ihre klebrigen Hände an der Stoffhose ab. Ich folgte ihr, jetzt wieder schleichend. Es gab keinen Grund dafür. Das Geplapper aus dem TV, den Verkaufsstimmen nach zu urteilen offenbar ein Werbeblock, übertönte alles. Laila stieß eine Tür auf, es war das Zimmer, in dem ihre Mutter manchmal übernachtet hatte, und es roch merkwürdig faulig.

Komm schon, Laila winkte mich aus dem Dunkel des Zimmers herein. Die Gardinen waren zugezogen. Aus dem Flur fiel Licht auf sie, ihre nackten Füße. Etwas hielt mich davon ab, ihr zu folgen. Bereits bei der Plünderung des Schranks war mir nicht wohl gewesen, jetzt legte sich eine kalte Hand an meinen Nacken, wanderte Stück für Stück nach vorn, ich musste schlucken, etwas kämpfte sich nach oben.

Wir dürfen das nicht.

Wer sagt das, bitte.

Sie kicherte wie ein kleines Mädchen, hübsch hinter vorgehaltener Hand. Trat dann einen Schritt aus dem

Licht heraus, so dass ich sie im Dunkeln nicht mehr ausmachen konnte. Das Knacken von Holz, einem Schrank oder einer Kommode. Schleifen. Stoff raschelte. Meine Fingerknöchel setzten sich fischweiß vom dunklen Türrahmen ab. In die Stille hinein summte Laila ein Lied, ein ausgedachtes, da war ich mir sicher.

Du spinnst ja, sagte ich.

Ich knipste das Licht an, atmete auf. Die Schleppe war mindestens drei Meter lang. Das weit ausgeschnittene Oberteil rutschte ihr von der Schulter. Sie riss es wieder hoch. Eine geschrumpfte Braut. Der Satin glänzte und wechselte seine Farbe im Licht, Rosa, Grau und Blau. Es schien Laila so offensichtlich egal zu sein, dass sie mit ihren fettigen Fingern katastrophale Flecken auf dem Stoff hinterlassen würde, also hielt ich die Klappe. Sie lachte immer noch, weniger verhalten und mädchenhaft. In dem Kleid vollführte sie eine alberne Drehung, verhedderte sich, was vorhersehbar war, und fiel mit dem offenen Mund aufs Bett. Auf die bestickte Tagesdecke. Ich erwischte mich bei dem Gedanken, es sei nun vielleicht vorbei, endlich würden wir gehen, aber sie hob den Kopf und drehte sich zu mir um.

Was stehst du da so rum?

Ich schaute an mir herunter, als müsste ich mich der Position im Raum, die ich besetzte, versichern, bevor ich antworten konnte. Der gepunktete Rock, graue Leggins, die nackten Füße – dies alles gehörte zu mir. Mein Bauch wölbte sich leicht hervor. Ich machte ein Hohlkreuz, meine Mutter hatte mich deshalb schon zur Physiotherapie geschleppt.

Komm schon, das ist meine Wohnung, sagte Laila, als müsste sie sich verteidigen. Alle sind sie weg, also gehört sie jetzt mir, oder was.

Noch immer stand ich im Türrahmen, setzte nun zaghaft einen Fuß ins Zimmer.

Unter demonstrativem Schnaufen pellte Laila sich aus dem Kleid, was nicht besonders schwer schien. Es war ihr viel zu groß. In der obersten Schublade der Kommode fand sie das, wonach sie gesucht hatte. Die Spitze des Lippenstifts war oben vom Auftragen abgerundet. Darin funkelten Glitzerpartikel. Ich erinnerte mich an einen Test aus einer Frauenzeitschrift, die ich bei Ingrid gefunden hatte, in dem beschrieben wurde, was die Form des Lippenstiftes über den Charakter einer Frau aussagte. Ich nahm mir vor, später nachzusehen. Mit gespitzten Lippen trug Laila konzentriert Farbe auf. Sie löste ihren Zopf, schmiss ihre Haare zurück, mit übertriebenem Schwung, und drehte den Kopf zu mir.

Ein Schlag in die Magengrube. Sie sah aus wie ihre Mutter. Die langen schwarzen Haare flossen auf die Schulterblätter, ihre Lippen glänzten feucht und rot. Ohne Zweifel, Lailas Mutter war schön. Was sie aber im Wesentlichen von anderen schönen Frauen mit roten Lippen unterschied, war ihr Motorrad. Und weil sie immer damit unterwegs war, irgendwo zwischen Schöneberg und Charlottenburg, wo sie ein Brautmodengeschäft führte, trug sie stets Lederjacke und Helm bei sich, selbst im Sommer. Trotz der Montur sah ich sie nie schwitzen. Was sie nur noch erhabener machte, von den banalen biologischen Vorgängen des Körpers entbunden. Sie brachte uns Kataloge aus ihrem Geschäft mit, die chemisch rochen und die wir mit penibler Sorgfalt studierten. Diese Kataloge enthielten unsere Zukunft. Damals hatten wir mit unseren bunten Bastelscheren Menschen ausgeschnitten. Frauen, Männer und Kinder. Wir hatten sie zu einer Familie gelegt, die einmal unsere sein würde. Vater, Mutter, Kind. Kind mit Locken, Kind ohne Locken. Das waren große Fragen, die uns durch die Nachmittage begleiteten, mit denen wir durch die Stunden marschierten. Ein einziger endloser Marsch, mit nur wenigen Regeln: Willst du ein Kind mit Locken, brauchst du einen Mann mit Locken. Lockst du also den Mann mit den Locken, lockt das Kind. Variationen des immer Gleichen. Und auch die Kleider waren nur endlose Variationen aus Chiffon, Seide und Perlenstickereien.

Der Vogel lag dann neben der Kommode in einer dunklen Nische. Die Flügel weit gespannt, als wäre er im Flug vom Tod überrascht worden und dann einfach zu Boden geplumpst. In ihm wimmelte es. Ich schaffte es gerade noch rechtzeitig in den Flur, dort krümmte ich mich. Klumpiges stieg auf, ich schluckte es herunter. Ich spürte heiß die Tränen, und ich wusste nicht einmal, wieso. Laila weinte nicht. Als hätte sie damit gerechnet, dass er hier irgendwo lag und verweste, trug sie den Tod mit Fassung. Mithilfe einer Suppenkelle, Zeitungspapier und einem leeren Schuhkarton entfernte sie die steife Vogelleiche. Sie schäumte Seife auf, rieb die Stelle mit einer Nagelbürste ab, so lange und gründlich, bis nichts zurückblieb als ein nasser Fleck auf dem Teppich. Ich saß auf dem Bett, sank tief in den weichen Federkern ein und beobachtete, mit welcher Ernsthaftigkeit sie vorging. Sie trug die gelben Putzhandschuhe, die ihre Großmutter beim Arbeiten immer benutzt hatte, sie waren aus Gummi und ihr viel zu groß.

Laila mit den Riesenhänden.
Sollen wir ihn unten bestatten?, fragte ich.
Nein.

Warum nicht?
Ich hab ihn schon im Klo runtergespült.
Wieso?, fragte ich.
Warum nicht.

Darauf wusste ich nichts zu sagen, außer vielleicht, dass es mir grausam erschien, jemanden im Klo runterzuspülen. Ich schwieg. Wir räumten auch das Chaos im Wohnzimmer auf, saugten die Krümel vom Sofa. Wischten mit einem Lappen den Tisch, bis er wieder glänzte. Im Fernsehen küssten sich nebenbei Menschen auf eine Weise, dass man ihre Zungen aus den Mündern hervorstoßen und im anderen verschwinden sehen konnte. Ich hatte bis auf Laila noch niemanden mit Zunge geküsst. Dann schalteten wir aus, gingen über den Hof, um bei mir zu Abend zu essen.

Heute frage ich mich, ob sie auch allein in die Wohnung rüberging, ohne mich, und warum sie das Tier dann nicht einfach entsorgt hatte. Ob sie wollte, dass ich es finde, weil sein Tod dadurch eine Gültigkeit bekam, eine ordentliche Zeugin, die sein Sterben vernahm. Und auf einmal wird mir klar, dass Laila diese Unschärfe in mir zurückgelassen hat, an einer empfindlichen Stelle, dort, wo wir einmal miteinander verbunden waren. Ein Körper, unser Haus, zwei Herzen. Da ist er wieder, dieser unbedingte Wunsch, auch sie möge nach mir suchen, mir einen Platz in ihrem Leben einräumen.

Jeden Abend läuft jemand über unseren Köpfen auf und ab, während Georg in der Küche steht und Knoblauch für die Pasta hackt, ich unser Geschirr aus dem Zeitungspapier wickle und es in den Küchenschrank staple, die Gabeln und Messer und Löffel in einen Besteckkasten sortiere. Die Schritte begleiten unser Zähneputzen und Mundausspülen und Kopfkissenaufschütteln. Besonders aufdringlich sind sie über unserem Schlafzimmer, nachts, direkt über dem Kopfende des Bettes. Georg stört das nicht, oder er will es nicht zugeben. Neubau halt. Er dreht sich zur Wand, schläft weiter, sein Mund steht offen. Die Decke hängt tief, hier ist nicht viel Platz. Ich war noch nie gut darin, mich schnell in neue Räume einzupassen, an andere Gegebenheiten zu gewöhnen. Seitdem ich die Schritte höre, gehe ich selbst nur noch leise, ohne Schuhe, besonders nachts, weil es mir unhöflich scheint, auf träumenden Gesichtern anderer Menschen herumzustampfen.

Diese Schritte von oben sind schwer, sie übertragen sich auch auf die Wände des kleinen Zimmers, in dem ich jetzt sitze und arbeite, während Georg nebenan schläft. Ich habe eine Schreibtischlampe aufgestellt, eine alte Glühbirne in die Fassung gedreht, vergessen, sie vorher abzuwischen. Jetzt riecht es hier nach verbranntem Staub, und während ich dort sitze, stelle ich mir eigentlich einen sehr müden Menschen mit großen Schuhen vor. Als ich am Tag darauf ein Mädchen vor den Aufzügen treffe, die sich als unsere Nachbarin von oben vorstellt, bin ich verblüfft. Sie ist zierlich, wirkt leicht wie eine Feder. Ihr schmaler Hals ist lang gestreckt. Auf dem Rücken trägt sie eine riesige Tasche, sie reicht ihr vom Po bis unter den Haaransatz. Darauf kriechen wilde Blumen empor. Ums Handgelenk hängt schlaff eines dieser verfilzten Freundschaftsbänder, von denen ich nicht wusste, dass es sie überhaupt noch gibt, und im Näherkommen rieche ich das Hasch in ihren Haaren. Sie lässt sich nichts anmerken, grinst mit großen Schneidezähnen: Wann ist es so weit?

Ich weiß nicht, wovon sie spricht, ob sie mich meint oder Georg, der mir gefolgt ist und jetzt neben mir steht, bis sie auf meinen Bauch zeigt, mit der Spitze ihres Zeigefingers fast die Rundung oberhalb des Nabels berührt, aber nur fast. Keine Ahnung, ob ich mich daran gewöhnen werde, dass mein Körper zu einer öffentlichen Angelegenheit geworden ist. Kassierer orakeln über das Geschlecht des Kindes, das man angeblich anhand der Form meines Bauches erkennen kann. Sie berühren meinen Körper im Vorbeigehen, streifen ihn, als wäre er ein herrenloses Sofa am Straßenrand. Bei ihr stört es mich kaum, warum auch immer.

November, antwortet Georg, bevor ich den Mund aufmachen kann. Sie reißt die Augen auf, schnalzt mit der Zunge.

Die rote Anzeige vom Fahrstuhl erlischt, die Türen öffnen sich lautlos.

Ein ziemlich ungemütlicher Monat, um die Welt kennenzulernen, sagt sie noch, aber – sie zuckt mit den Schultern – ich muss jetzt echt los, hat mich gefreut. Die Sicht verengt sich. Das Letzte, was ich sehe, sind diese wilden, ineinander verschlungenen Blumen. Wir gehen in den Baumarkt, Georg nimmt meine Hand und pfeift ein Lied.

Und erst jetzt frage ich mich, wo das Mädchen herkam, wo es eigentlich hinwollte und warum es dann ausgerechnet auf unserer Etage in den Fahrstuhl stieg.

Nach dem Vogelfund lagen wir im Bett, die Kissen in den Nacken gestopft. Laila durfte bei mir übernachten. So liegend konnten wir mit Händen und Füßen die Decke berühren. Ich klaute mir eine von ihren dicken Haarsträhnen, lutschte an deren Ende. Ich liebte es, an ihren Haaren zu lutschen, und sie hatte es mir erlaubt. Wir teilen, sagte sie, auch die Haare. Ich hatte zu wenige, sie zu viele davon, so einfach, wir hatten darüber gelacht. Und jetzt?

Die Kammer hatte sich so plötzlich geschlossen, wie sie aufgegangen war, und das hätte mich eigentlich misstrauisch machen können. Wir sollten schlafen, hatten meine Eltern gesagt. Durch die angelehnte Tür fiel vom Flur ein Streifen Licht ins Dunkel, auf den Boden, markierte einen Weg von ihnen zu uns. Entfernt hörte ich ihre Stimmen, nicht das, was sie sagten, nur ihre Anwesenheit. Von irgendwo in meinem Körper breitete sich warm ein Strahlen aus, das alles flutete.

Wenn du zu mir gehörst, sagte Laila unvermittelt, kannst du für immer an meinen Haaren lutschen. Die Wärme war ganz weit oben angekommen, die freigesetzte Energie prickelte unter meiner Kopfhaut. Fast war ich eingeschlafen, die Lider wogen schwer.

Und, willst du zu mir gehören?

Darüber brauchte ich nicht nachzudenken, es lag auf der Hand. Ich sagte Ja, ich sagte schläfrig, ich wolle zu ihr gehören, für immer meinetwegen, und so entstand unsere Geschichte.

Sie breitete sich Tag für Tag weiter aus wie ein tückisches Gewässer, schwoll mit jeder Nacht an. Ein Gewässer, dessen Tiefe und Weite mit bloßem Auge nicht abzuschätzen war. Ich schwamm mit, für ein paar Züge, nur um zu sehen, wie es sich anfühlte, mit ihr da draußen zu sein, irgendwie unbefestigt. Und als ich meinen Kopf zum Ufer umdrehte, war es schon so weit entfernt, dass ich mich nicht mehr traute umzukehren. Wir richteten uns ein in dieser fernen Gegenwart, einem Haus am Meer, wie in einem Zimmer. Es war, als wären die Möbel dieselben geblieben, aber jemand hatte sie während meiner Abwesenheit umgestellt. Im Dunkeln tastete ich nach der Kommode, um mich daran festzuhalten, aufzurichten, aber sie stand nicht mehr an der Längsseite neben dem Bett, wo ich sie erwartet hatte, sondern unterm Fenster.

Das Haus, sagte Laila, hat mindestens zwei Stockwerke, damit wir von oben das Meer gut sehen können. Wenn es zu heiß ist, um zu schlafen, schaffen wir die Matratze aufs Dach.

Wie in dem Sommer, als wir die Matratzen nachts auf den Balkon legen durften, erinnerte ich sie. Wir hatten von dort oben in den Park gespäht, in die raschelnden dichten Büsche, auf die Oberfläche des Sees, auf dem sich der Mond spiegelte.

Ja, nur besser, sagte Laila, weil wir jetzt niemanden um Erlaubnis fragen müssen.

Die Fenster von meinem Kinderzimmer waren weit geöffnet, wir lagen auf dem Boden, es roch nach Abgasen und Staub. Laila hatte mir ein Tuch um die Augen gebunden, damit ich mir alles besser vorstellen konnte, so erklärte sie. Es juckte und wurde langsam heiß unter der Binde, vielleicht gehörte das dazu.

Es war neu, es war aufregend.

Sie fragte: Wo sind wir?
Ich sagte: Auf dem Dach, es ist Nacht. Und Sommer.
Ist es heiß?
Ja, sehr.
Das finde ich auch. Und dann wird es langsam Tag, die Sonne steigt aus dem Meer und brennt den Nebel weg. Da sind auch Möwen, siehst du die Möwen? Sie fliegen tief, sie streiten um etwas, Essen vielleicht.
Einen Fisch?
Ja, genau, einen Fisch. Wenn es hell genug ist, gehen wir zum Meer, wir brauchen keine Schuhe, weil der Sand noch kühl ist. Wir brauchen nichts, da ist niemand, wir sind einfach nackt, wir sind einfach da.
Wir sind da, wiederholte ich.
Das Wasser schmeckt salzig, es ist grün und blau. Auf dem Grund liegen flache Steine, an denen man sich nicht wehtun kann. Und wenn wir in der Sonne trocknen, ist auch unsere Haut salzig.
Laila leckte mir über den Unterarm, blitzschnell, ich zuckte zusammen. Ehe ich es realisierte, war es schon wieder vorbei. Ein Schauer jagte mir über den Rücken. Woher hatte sie diese Bilder? Laila war früher im Sommer mit ihren Eltern in die Türkei gefahren, ans Meer, nach Antalya, das wusste ich. Das waren leere Monate gewesen, in denen nichts passierte, die ich schnell vergessen hatte. Noch bevor sich ihre Eltern getrennt hatten, war das gewesen. So lange her, und heute scheint es mir zwingend, dass sie sich also zurück in diese Zeit flüchtete, an einen hellen Ort und mich dafür brauchte.

An diesem hellen Ort hatten wir kein Alter. Ich sah uns barfuß Regenwürmer aus der nassen Erde pflücken, wie wir es auch hier im Garten taten, nur hatten wir dabei merkwürdig aufgetürmte Frisuren, weiße Büschel, die zu allen Seiten wucherten wie Gewächse. Vielleicht waren das unsere Haare, und an den Beinen, die unter dem Rand des weißen Nachthemds hervorlugten, traten deutlich Krampfadern hervor, unsere leuchtenden Augen waren von Krähenfüßen gezeichnet, nur unsere Stimmen klangen frisch, wie ein abgeschliffenes Stück Holz, das das Meer auf unser Anwesen gespült hatte.

Ich halte dieses Bild fest, die Augen starr darauf gerichtet, denn wenn ich blinzle, nur einmal die Augen schließe, ist es verschwunden.

Das war das eine. Das andere war dieser Ort, den wir in Wirklichkeit bewohnten. Im Herbst ging unter den Nachbarn das Gerücht um, die Spitze des Kirchturms, der ziegelrot hinter den Häusern emporragte, sei so marode, dass der nächstbeste Sturm sie auf die Gleise wehen würde, sollte die Gemeinde keine Reparaturen durchführen. Aber die Gemeinde hatte nicht genügend Geld. Es gab nicht viele Kirchgänger in der Gegend, und sie starben einer nach dem anderen weg. Susanne war also eine doppelte Ausnahme. Von einem auf den anderen Tag hing ein breites violettes Banner an der Stirnseite der Kirche, so dass man es aus der fahrenden U-Bahn gut sehen konnte.

AMERICAN CHURCH. Service: Sundays 11 a.m.

Durch die Vermietung an die Amis, hörte ich Susanne meiner Mutter erklären, können wir endlich die Reparaturen bezahlen. Sie saßen auf ihrer Bank im Hof, Susanne hatte ihr Lederschlappen ausgezogen und die Beine an den Oberkörper herangezogen, so dass ihre erstaunlich braunen Füße auf der Sitzfläche der Bank ruhten. Ihre Nägel waren schwarz lackiert, sie strich sich ihren dunkelblonden Pony aus der Stirn.

Und ihr müsst jetzt auf der anderen Straßenseite beten, toll, im düsteren Gemeindesaal, sagte Ingrid, in ihrer Stimme schwang Hohn mit, ich war nicht sicher, ob er gespielt war. Sie machte sich über Susanne und ihren Gott, so sagte sie es, oft lustig.

Dein Gott, herrje.

Susanne schüttelte heftig den Kopf, zog energisch an ihrer selbst gedrehten Zigarette. Ihre Armreifen klimperten.

Es geht doch mehr um den Erhalt eines symbolischen Kapitals, Ingrid.

Ingrid lachte laut: Hast du das aus dem Soziologie-Seminar? Asche fiel neben Susanne, auf die Stelle am Boden, wo sie ihre Schlappen abgestreift hatte. Ich beobachtete, wie der Wind die kleine graue Wurst ein paar Zentimeter weitertrug.

Nein, im Ernst; sollen wir den Turm einstürzen lassen? Die Kirche gehört ja immer noch uns, antwortete Susanne mit fester Stimme, die haben sie nur »ausgeliehen«, mit Zeige- und Mittelfinger malte sie Anführungszeichen in die Luft.

Aber die Amis tun, als wäre es ihre Kirche, mit diesem merkwürdigen Banner, entgegnete Ingrid, es sieht aus, als wäre es ihre, was macht das da für einen Unterschied?

Beide schwiegen, den Blick nach vorn gerichtet.

Ingrid verscheuchte mit der Hand eine Fliege, wo keine war.

Von drüben, sagte Susanne, können wir den Turm jedenfalls viel besser sehen.

Sie lachten, jetzt wieder einvernehmlich. Ich hatte mir heimlich Susannes Schlappen geangelt, probierte ihn an, aber er war mir viel zu groß.

Es muss dieser Herbst gewesen sein, in dem Laila vor unserer Haustür stand. Einen ganzen Herbst über stand sie vor der tiefrot gestrichenen, fest verschlossenen Tür mit den Schnitzereien im Rahmen. Oben im Türstock saß Neptun und teilte sie mit seinem Dreizack in zwei Hälften. Fische sprangen, und ich fragte mich immer wieder, was das mit uns zu tun hatte. Hier gab es keine Tiere, bis auf die Tauben und natürlich die Insekten, den Marder hatte lange niemand gesehen. Die Hühner, die mein Vater eine Zeit lang versucht hatte, hinter den Beeten am Leben zu erhalten, waren schon lange tot. Es hieß, der Marder habe sie gerissen, obwohl man nie die Stellen fand, durch die er hätte zu den Hühnern vordringen können. Niemand kaufte neue Hühner, und niemand riss den Stall ab, also stand das leer stehende Gehege aus Latten und Maschendrahtzaun einfach unbenutzt herum, wie ein Denkmal für diese traurige Episode von nicht mehr als ein paar Wochen.

Obwohl Laila jetzt einen nachgemachten Schlüssel hatte, benutzte sie ihn nicht. Mehrmals forderte ich sie auf, ermahnte sie fast, oben in der Wohnung auf mich zu warten, nicht in der Kälte zu stehen. Jedes Mal, wenn ich von der Schule kam, stellte ich mir vor, wie sie oben in der Küche stand, an der Spüle, und sich ein Glas Wasser aus dem Hahn einlaufen ließ. Aber wenn ich um die Ecke bog, sah ich sie schon von Weitem dort stehen, immer diese dämliche Kindermütze auf dem Kopf, wie einen Helm, den Blick auf den Kirchturm gerichtet. Sie stand in meinem Rücken, während ich die Haustür aufschloss.

Die Mütze sieht echt bescheuert aus, sagte ich und meinte es so.

Ist mir egal.

Ich hörte Laila hinter mir die Treppen hochsteigen, mit

einem ordentlichen Abstand, als wäre sie ein trotziges Kind.

Hör mal, wenn's dir egal ist, kannst du sie ja auch ruhig abnehmen, sagte ich.

Was erwartete ich von ihr? Während ich meine Füße hob, Stufe für Stufe für Stufe, dachte ich wieder an die Telepathie und stieg ein klein wenig schneller, gerade so, dass es nicht zu anstrengend war. Ich hörte auf das Getrappel hinter mir, ob Laila es mir gleichtat.

Ich räusperte mich.

Nein, nichts.

Ich legte die rechte Hand an meinen Kopf, um mein flauschiges Stirnband abzuziehen.

Zieh die Mütze aus. Du musst die Mütze ausziehen, und zwar jetzt, weil das hier Telepathie ist, Laila. Das dachte ich, während ich mich langsam, im Gehen, zu ihr umdrehte. Und was tat sie? Laila zog die Mütze kommentarlos noch ein Stück tiefer in die Stirn, bis kurz über die Brauen. Der Panda lächelte mich amüsiert an. Auf seiner Oberfläche hatten sich von der Reibung hässliche Knötchen gebildet, seine Ränder liefen gräulich an.

Wenn du die Mütze nicht abnimmst, sagte ich jetzt laut, dann kommst du hier nicht rein, und baute mich vor der Wohnungstür auf.

Habe ich das wirklich laut gesagt?

Ja, und vielleicht hat es damit angefangen.

Ich hatte genug davon, Lailas Publikum zu sein. Wir strichen uns die Turnschuhe von den Fersen, pfefferten sie in eine Ecke zu den anderen. Ich lief geradewegs ins Bad, dachte mir nichts, während ich auf der Klobrille sitzend hörte, wie eine Tür ins Schloss fiel, ganz sachte und unauffällig, anders, als wenn der Wind sie mit einem Krachen zudrückte. Eine Tür geht zu, sagt man, und eine andere geht dafür auf. Über die Fliesen huschte ein Silberfisch, verschwand unter dem Rand der Badewanne.

Laila, rief ich, nur um sicherzugehen, hörte meiner Stimme zu, die, gebrochen von den Wänden, nun erschöpft zu mir zurückgekrochen kam. Vielleicht war das hier ein Irrtum gewesen. Von einer Kante des Medizinschranks, der nur knapp unter der Decke hing, beobachtete mich das hässliche Tier aus Pappmaschee, das ich in der Grundschule gebastelt hatte und das meine Eltern hier für Gäste ausstellten. Langsam, aber sicher wurde es mir peinlich. Die Tür zur Toilette war nur angelehnt, nicht abgeriegelt, das machte niemand von uns. Weder Götz noch Ingrid. So eine Familie waren wir.

Eilig zog ich die Jeans hoch, fädelte den Knopf durch den Schlitz. Es dauerte, ich wusch mir nicht die Hände.

Laila, bist du da?

Sie stand im Flur, unter dem dicken Lampenschirm aus durchscheinendem japanischen Papier, wo hätte sie sonst sein sollen. Sie wirkte ziemlich unschlüssig, eine Hand ruhte auf der Klinke. Sie sah mich nicht richtig an, hielt sich an der Tür fest, als wäre das die Rettung. Ein alberner kleiner Rettungsring, um auf offener See nicht unterzugehen. Ein Irrtum, sicher. Wusste sie nicht, dass sie ohne mich verloren war? Die Mütze trug sie wieder auf dem Kopf, aber ich sagte nichts.

Unser Gebiet. Von drei Seiten schlossen die Häuser auf. An der vierten Gerade befand sich der Zaun zum Park, Bambusgräser, Haselnussstrauch und Essigbaum reichten über die Grenze, fassten durch die Stäbe. In den Park öffnete sich die Brache, wo heute die neuen Häuser stehen. An einzelnen Stellen des Zauns war das Blätterwerk spärlich, und wir konnten bis auf die andere Seite hinübersehen. Von hier aus beobachteten wir die gebückten Gestalten, die im Gebüsch nach in Aluminiumpapier eingewickelten Schätzen suchten. Wir beobachteten sie, diese hungrigen Geister. Was suchten sie da im Unterholz? Ihre sonst unscheinbaren Bäuche schwollen auf die Größe von Luftballons an; je länger sie im nassen Laub wühlten, desto mehr wuchs die Ausstülpung, und das gab uns Rätsel auf. Wir sollten nichts von dem anfassen, was sie zurückließen, ermahnten uns die Erwachsenen. Nicht die aufgeschnittenen Cola-Dosen, nein, auch nicht die verrußten Löffel oder die leeren Plastikhäute, am gefährlichsten aber, sagten sie, seien die Spritzen, daran klebten Krankheiten. Wollt ihr denn krank werden, fragten sie. Und wer krank war, der starb eher früher als später, das wussten wir, seit der Großvater tot war. Sobald uns die Gestalten bemerkten, stürzten sie davon, zu hastig, um ihr Besteck einzusammeln, aber kurz darauf waren sie wieder da.

In dem Monat, bevor ich nach Berlin zurückkehre und dann Georg kennenlernte, betreute ich in der Galerie ein Projekt zum Thema Sucht. Die Fotografien zeigten Junkies, bevor sie sich einen Schuss setzten und kurz danach. Eine Art pervertiertes Vorher-Nachher, die Leute liebten es. Mir folgten die Bilder in den Schlaf, ich bekam Alpträume. Junkies lagen in Hauseingängen, in verlassenen Zimmern mit gewellter, halb heruntergerissener Tapete oder in entlegenen Ecken Prags, die jede große Stadt hätte sein können. Manche waren noch Kinder. Zur Eröffnung der Ausstellung kam die Fotografin angereist, sie sah weniger abgefuckt aus als in ihrem Portfolio. Die Abzüge waren riesenhaft, von den Wänden starrten viele Paare entrückter Augen auf uns herab. Uns, eine privilegierte Gruppe gut angezogener Menschen in gedeckten Farben, Sektgläser und Biere in den Händen. Jemand räusperte sich verlegen. Eine Darstellung zeigte eine junge schmale Frau in Daunenjacke, ihre schwarz geschminkten, schwer geschwollenen Lider waren halb geschlossen, der Blick unbestimmt, die Pupillen abnormal geweitet. Darin flammte ein Stich Rot auf, offenbar hatte die Fotografin auf die Retusche verzichtet.

Das ist mein Lieblingsbild, sagte sie, die auf einmal ganz dicht hinter mir stand. Was meinst du, was sieht sie wohl?

Ob sie heute noch am Leben ist oder schon tot, das frage ich mich ehrlich gesagt.

Sie schien das lustig zu finden.

Alles eine Frage der Perspektive.

Ich kniff mir leicht in den Unterarm, bewegte etwas Fleisch zwischen Daumen und Zeigefinger, zog daran, bis es ziepte.

Das sind Schauspieler, weißt du.

Ich starrte entgeistert hinter mich, wo ich sie vermutete, aber sie stand so dicht bei mir, dass ich ihr nicht in die Augen sehen konnte.

Wenn das stimmt, hast du alle angelogen.

Was macht das für einen Unterschied, sie lachte. Jetzt waren wir Komplizinnen, und für einen kurzen Moment erinnerte sie mich an Malvina. Ihr Atem strich warm über meinen Nacken, er roch säuerlich vom Sekt.

Erzählte ich ihr deshalb von den Gestalten? Wie sie im Gebüsch gestanden hatten, unschlüssig, und auf einer Schwelle wanderten, immer am Zaun entlang, irgendwo zwischen Wachen und Schlafen, immer im Begriff, in Deckung zu gehen, sich unsichtbar zu machen, um sich den nächsten Schuss im Verborgenen zu setzen.

Die Fotografin hatte ein winziges Tattoo auf dem rechten Knöchel. Es war ein Kreuz, nichts weiter, wie eine Markierung auf einer Schatzkarte. Ich berührte es, um zu fühlen, was darunterlag, unter der Haut. Sie sagte, es habe rein gar keine Bedeutung, es sei kein Symbol für nichts, sie finde es einfach nur schön. Ich fragte mich, ob sie selbst einmal drogenabhängig gewesen war und ob das irgendetwas änderte. Im Fenster hob der Morgen an, der Himmel war ein diffuses Grau. Wir hatten schon März, aber der Winter hielt sich hartnäckig an uns fest, es schneite weiterhin. Ich versuchte das nicht persönlich zu nehmen, trug meinen dick gefütterten Mantel, kaufte einen neuen Schal in Petrolblau. Zum ersten Mal hatte ich das Gefühl, wirklich etwas begriffen zu haben. Vielleicht war das nötig gewesen, die Zeit, die Kilometer.

Wir haben uns vorgestellt, die Junkies wären Zombies, eine von dunklen Mächten gelenkte Spezies. Die Fotografin lachte darüber auf eine sanfte Art und strich mir über die Wirbel am Nacken, als wäre ich ein Kind oder ihr Haustier. Zuvor war sie auf Knien ans Ende des Bettes gerutscht und hatte mir meine schwarzen Stiefel ausgezogen, war mit der Hand hineingefahren, wo es warm und feucht war, hatte meine Füße befreit, einen nach dem anderen, auch die Socken ausgezogen. Nun fühlte ich mich nackt. Währenddessen hörte ich, wie Aino aufstand, das Fenster in der Küche mit einem Ruckeln weit öffnete, Wasser aufsetzte, ihren gesunden grünen Tee trank, und dachte an die Enten. Eine fehlte, das beunruhigte mich schon seit Tagen. Es war eine braun-graue, ein dickes Weibchen.

Ich summte. *Alle meine Entchen.* Die Fotografin sah mich irritiert an.

Willst du einen Kaffee?

Sie setzte sich auf, wir würden also nicht miteinander schlafen. In der Hocke angekommen, nickte sie, strich die Haut unter den Augen glatt, wischte kleine Klumpen von Wimperntusche fort, sie sah erschöpft aus.

Wir haben ein Problem mit Drogenabhängigen, sagte sie, wir wissen nicht, ob wir sie wie Kranke oder Kriminelle behandeln sollen. Wir nehmen es ihnen übel, dass sie sich unserer Wirklichkeit entziehen. Dass sie mehr wollen oder etwas anderes.

Ich sah sie fragend an, nur damit sie weitersprach, damit sie nicht aufhörte, weil sie dann bleiben musste und ich weniger allein wäre. Während sie dort am Fenster kniete und in ihren Becher schwarzen Kaffee blies, trat das Schlüsselbein stark hervor. Alles an ihr war schmal und hart, ausgenommen ihrer Stimme, die müde klang, warm und tief, ich schloss die Augen.

In gewisser Weise, sagte sie, ziehen Süchtige die Fiktion dem wirklichen Leben vor, darum beneiden wir sie, dafür wollen wir sie bestrafen.

Später stand sie im Flur, in diesem Parka, der sie winzig aussehen ließ, wie ein Robbenbaby, und es fragte mich aus diesen ganzen Robbenfalten heraus, die sich ihm zum Schutz um den mageren Körper gelegt hatten: Was machst du jetzt?

Ich zuckte die Achseln, zählte weiter Enten. Eins, zwei, drei, und ehe ich michs versah, saß ich im Flieger. Auf einmal kam ich mir verrückt vor, im wahrsten Sinne des Wortes, verstellt, verlegt, verloren. An einem Ort, der nicht meiner war.

The duck is back …, schrieb Aino in einer Textnachricht, nur wenige Tage nachdem ich in Berlin gelandet war. Ich fragte mich, was die Pünktchen zu bedeuten hatten, aber ich antwortete nicht und kehrte schließlich nie nach Helsinki zurück.

Die Junkies, die durch unsere Gegend streiften, anders als die Betrunkenen im Park, seltsam unbeteiligt und meistens allein, verdichten sich in meiner Erinnerung zu einer einzigen Erscheinung; diesem Mann mit Tätowierung. Er fürchtete sich nicht vor uns, den Kindern. Als Laila laut PO-LI-ZEI rief, wandte er uns das Gesicht vollständig zu. Von seinem linken Auge tropfte eine schwarze Träne, die unter die Haut gestochen war. Ein paarmal hatte ich ihn zuvor beim Supermarkt um die Ecke gesehen, wie er am Eingang stand und die Hand aufhielt, mit gesenktem Blick, während er von einem Schacht mit heißer Luft gewärmt wurde. Er musste es sein, denn er hatte uns erkannt. Sein Blick bohrte sich jetzt in mich hinein, fasste nach etwas in meinem Inneren. Furcht, Mitleid. Ich packte Laila am Arm, erwischte nur ihren grob gestrickten Pulli, dessen gelbe Ärmel sie zu Donuts aufgerollt hatte, und riss sie mit mir. Wir liefen zum anderen Ende des Grundstücks, bis zu den Mülltonnen. Dort lagen sämtliche meiner Haustiere begraben, zwei Meerschweinchen und der Hamster, der nur zwei Tage am Leben gewesen war, deshalb nur halb zählte. Wir keuchten. Im Gitter zum Park hatte sich eine Plastiktüte verfangen und raschelte beständig.

Ich war es, die sie entdeckte. Ingrid hatte unlängst vom Balkon gerufen, ich solle hochkommen, Abendbrot essen. Timo auf der Schaukel und Malvina vor ihm, im Sand kniend. In diesen Shorts, bei denen man die Pobacken sehen konnte, wenn sie sich vornüberbeugte. Die Beine hatte sie selbst abgeschnitten, viel zu kurz, jetzt franste das Material aus. Eine Hand hatte Timo an der Metallkette. Die andere lag auf ihren rotbraunen Haaren – ob er an ihnen zog oder seine Hand von ihnen getragen wurde? –, sie wogte immer vor und zurück. Es lag etwas Starres über seinem Gesicht, schwer zu entscheiden, ob er wütend war, Schmerz fühlte oder Angst hatte. Die Schaukel schwang mit, ganz leicht, im Einklang mit ihrem Rücken. Wir blieben so lange dort stehen, bis Malvina sich aufrichtete, weil sie offensichtlich fertig war, und sich demonstrativ den Sand von den rot gescheuerten Knien klopfte. Hinter ihnen ragte ein Baum in die Höhe, der größer war als alle anderen Bäume im Park, er fasste nach den Wolken, die schnell dahinzogen. Er musste lange dort gewachsen sein, dachte ich, allein.

Geh, sagte Malvina, du bist fertig, und er zog hastig die kurze Hose hoch. Mit dem Handrücken wischte sie sich über den Mund. Ihre sommersprossige Haut glänzte.

Und vergiss nicht die fünf Mark, rief sie ihm hinterher, der sich nicht umdrehte, sondern schnell davonlief. Nicht in unsere, sondern in die entgegengesetzte Richtung. Zu dem Haus, in dem er mit seiner Mutter Susanne wohnte. Sobald er außer Sichtweite war, spuckte sie in den Sand. So laut, dass sie sicher sein musste, dass er es noch hören konnte.

Laila zog an meinem Arm.

Komm, flüsterte sie.

Wir blieben stehen, eingeschlossen von den Mülltonnen. Malvina Bardelli setzte sich auf die Schaukel, es gab nur diese eine, ohne sie in Gang zu setzen, zog ihren Haarreifen ab und steckte ihn sich neu in den Ansatz.

Ich gehe jetzt, sagte Laila entschlossen, stemmte eine Hand in die Hüfte, so dass ihr Ellenbogen hart in meine Seite bohrte.

Mit einer Hand öffnete Malvina den Knopf der Shorts und fuhr hinein. Ihren Kopf legte sie an die Metallkette, schloss die Augen.

Linn, hörte ich meine Mutter vom Balkon rufen, brauchst du eine Extra-Einladung.

Wie Malvina sich selbst befriedigt hatte. Ich dachte oft daran, auch zwei Jahre später. Obwohl ich es streng genommen nicht gesehen hatte. Nur gesehen hatte, dass sie es tat. Malvina Bardelli war drei Jahre älter als Laila und ich und wohnte mit ihren Eltern und ihrem kleinen zahnlosen Bruder Mirko unter uns. Vor dem Schlafen harrte ich in einer Art ängstlichen Erregung aus, weil unter meinem Bett etwas kaputtging, jede Nacht ein wenig mehr. An dem Geräusch versuchte ich zu erraten, was es war. Ob es ein Schrank war. Glas, Holz, ein Kopf. Das Beben übertrug sich über die Wände und schlüpfte in meinen Körper. Zusammen hielten wir die Luft an, die da unten und ich in meinem Bett. Wenn ich bis zehn gezählt hatte, begannen sie zu wüten, viel zu laut, zu hoch, als würden sie ihre eigenen Stimmen erbrechen.

Wenn es zu laut wurde oder die Stille nach einem Krachen zu lang, lief ich in die Küche oder ins Schlafzimmer, je nachdem, wie spät es war, stand da und kaute auf meinem Ei herum.

Es muss etwas passieren, sagte Ingrid, die am Küchentisch unter einem Kegel weißem Licht saß, meinem Vater gegenüber, beide ein Glas Wein vor sich. Sie tranken meistens Wein, selten Bier und nie Klaren wie die Bardellis.

Wir müssen etwas unternehmen, sagte Ingrid, so kann das nicht weitergehen, die schlagen sich die Köpfe ein, und Götz nickte. So eine Familie waren wir. Wir sorgten uns um unsere Mitmenschen. Sie mochten dieses seltsame

Wort: Mit-Mensch. Als gäbe es ein Leben ohne andere Menschen.

Die Tür stand nur einen Spaltbreit offen. Kälte kroch über den Linoleumboden in meine Fußsohlen, wanderte bis zu den Kniekehlen. Hier war also mein Einsatz.

Ich kann nicht schlafen, sagte ich laut und trat vor, ins gelbe Licht der Küche, eine Bühne.

Dann kam Ingrids Einsatz. Sie sah mich sorgenvoll an, wobei ihre Augen weit und weich wurden, dann Götz. Mich – Götz – wieder mich, sie sagte: Würdest du?

Götz schließlich hatte das schwerste Los gezogen. Er zog eine dünne elektrisch knisternde Jacke über seinen Pyjama, ein Kostüm, und stieg nach unten, die Tür ließ er angelehnt. Oben hörten wir, wie unten die Klingel ging, mehrmals, aber meistens öffnete niemand. So hatte jeder in unserer Familie seine kleine Funktion, und das war es doch, was einen Mit-Menschen auszeichnete. Wir waren drei Rädchen, die exakt ineinanderfassten.

An diesem Abend im November war etwas anders. Als Götz wieder zu uns hochstieg, mit kleinen müden Augen hinter Brillenglas, sagte er: Komm mal mit, Linn.

Wir saßen zusammen um den Küchentisch, ich mit ihnen unter dem Licht. Ingrid machte Kakao. Es war kurz vor Mitternacht, also musste etwas vorgefallen sein.

Ist jemand gestorben, oder was?, fragte ich und zog meine nackten Knie, die Beine in ihrer gesamten Länge unterm Nachthemd an den Oberkörper heran, presste sie gegen meinen Brustkorb, so spürte ich meinen Herzschlag am Knie. Die Gesichter meiner Eltern waren entspannt, sie wirkten zufrieden. Heute weiß ich, sie hatten sich längst entschieden, die Würfel waren gefallen.

Lailas Großmutter wird nicht zurückkommen, erklärte Ingrid.

Nicht?

Sie hat einen Brief geschrieben.

Warum?, fragte ich und strich mit meiner Zunge über die glatte Rückseite der Zähne. Die Spitze war taub, ich hatte sie am Kakao verbrannt. Außerdem hasste ich dieses Erwachsene-Kind-Spiel, bei dem sie es genossen, Informationen zurückzuhalten, um ihre Macht auszuspielen. Ich machte trotzdem mit, was blieb mir anderes übrig.

Götz biss in eine harte Birne, es knackte.

Das Haus, das sie sich zusammen mit dem Großvater in Izmir hat bauen lassen, ist jetzt fertig, sagte er kauend.

Ich nickte.

Sie hat Zitronenbäume gepflanzt, im Garten. Es geht ihr wieder ganz gut.

Knack. Knack.

Ich ertrug das Geräusch nicht, die Stille dazwischen.

Was Götz sagen will, übernahm Ingrid jetzt das Ruder, es geht ihr gut. In Izmir. Sie will nicht zurück, das ist alles.

Und Laila, fragte ich, eine seltsame Ahnung stieg in mir auf, ein Gefühl wie das Flappen von Flügeln in der Kehle, und ich war nicht sicher, ob es mir gefiel, wo genau ich es hinstecken sollte; wo soll denn dann Laila bleiben?

In diesem Moment dachte ich an den hellen Ort, an den wir uns seit dem Abend in der leeren Wohnung der Großmutter regelmäßig zurückzogen.

An das Haus, das Meer, die Möwen.

Sie kreischten in unseren Köpfen, zogen weite Kreise.

Wie ich dort am Tisch saß, hörte ich Lailas Stimme flüstern: Siehst du das, Linn, kannst du das auch wirklich sehen?, und spürte mein klopfendes Auge unter der heißen Binde.

Wir lagen jetzt fast jeden Tag am Boden. Lailas Zunge auf meinem Arm. Ich war durstig. Vielleicht ahnte ich, dass sie konsequent sein würde. Wenn ich nicht mit ihr ginge, an diesen hellen Ort, dachte ich, mir nicht von ihr diese kratzende Augenbinde anlegen ließe, würde sie mich auf halbem Weg zurücklassen. An diesem Ort gab es immer nur uns beide, es war fürchterlich. Die Sonne ging auf, die Sonne ging unter. Jetzt, im Winter, räumten wir unsere Gartenmöbel ins Haus und kochten Kakao. Ich vermisste die gelockten Kinder.

Nein, sagte Laila und nahm mir entschlossen die Schere aus der Hand, als ich mir eines Nachmittags die alten Kataloge wieder vornahm, hör zu, dort gibt es keine Kinder.

War es das, was sie wollte? Heruntergekommene Gartenmöbel, heißen Kakao mit Sahne und Meer. Wir hätten es schlimmer treffen können. Das eigentliche Wunder war dann das weiße Pferd, das hier und da in Erscheinung trat, wenn Laila meine Langeweile spürte.

Es würde, so lautete ihr Versprechen, uns irgendwann woanders hinbringen. Sie fragte flüsternd: Kannst du es auch sehen?

Ich sah immer öfter Ingrid und Susanne, wie sie im Garten auf der Bank an ihrem Kaffeetisch saßen, Schulter an Schulter, und Rauch über ihren Köpfen aufstieg. Waren das also die Frauen, die wir werden sollten? Dagegen: Lailas Mutter, ihre karminroten Lippen, ihr Helm und das viele Leder, wie eine knirschende Rüstung.

Laila würde zu uns ziehen, es wäre für sie das Beste und auch das Einfachste. Darin waren sich plötzlich alle Erwachsenen einig. Die Schule war in unserer Gegend, und Laila war ohnehin jeden Nachmittag bei uns.

Sie musste essen. Jemand musste ihre Wäsche waschen, die Hausaufgaben kontrollieren, überhaupt: sich um sie kümmern.

Ingrid und Götz sprachen über Lailas Zukunft wie über die zu langen Schneidezähne meines Kaninchens, und nur eine Woche später stand Lailas Tasche in meinem Zimmer.

Da war es schon unser Zimmer.

Es war kurz vor Weihnachten, wir hatten Nelken in Orangen gestochen, so dass sie ein Muster ergaben. Es roch nach Wald und Feuer, wegen des Kranzes, von dem ich einzelne Nadeln löste und sie in die Flamme hielt, bis ihre Spitzen kurz aufglühten und dann zu Asche zerfielen.

Sie hoffe, sich irgendwann revanchieren zu können, sagte Lailas Mutter. Mit dem Helm unter den Arm geklemmt, stand sie im Türrahmen zum Hausflur. Die Tasche war groß und aus mattem Kalbsleder. Es war die einzige, die Lailas Großmutter dagelassen hatte. Immerhin hatte sie etwas dagelassen, Stoff für eine Hoffnung, dass sie eines Tages doch zurückkam. So muss es für Laila ausgesehen haben. Am Tisch gab es Käsekuchen, Kakao und Mokka. Ingrid war verlegen, weil wir kein gutes Geschirr hatten, alles zusammengeklaubt war. Wir hausen in einer verdammten Studentenbude, sagte sie häufig. Seit Jahren wollte sie renovieren, eine Geschirrspülmaschine anschaffen, aber alles blieb, wie es war, und ich mochte es so; nichts passte zueinander. Der Teller von Lailas Mutter hatte einen goldenen Rand, es war mein liebster Teller. Ich hatte eingedeckt und ihn für sie bestimmt. Aber sie kratzte nur ein wenig an der gelbbraunen Haut, die sich über den Kuchen zog, löste den matschigen Boden vom Belag. Eine Gabel voll steckte sie sich in den Mund, schluckte. Ich entdeckte Ekel über ihr Gesicht huschen, wie einen unauffälligen Schatten, und schämte mich. Dass meine Mutter und ich, dass wir keinen besseren Kuchen backen konnten. Als sie merkte, wie wir alle warteten, schob sie den Teller von sich weg, demonstrativ in die Mitte der Tischplatte. Ich habe Lailas Mutter davor und danach nicht essen sehen. Ihre dünnen Arme hingen wie gekochte Spaghetti am Körper, als hätten sie keine Kraft und auch kein Recht dazu, die Dinge zu berühren, vielmehr als würden sie darauf warten, von ihnen berührt zu werden.

Man sah ihr an, dass sie gehen wollte, aber nicht gehen konnte. Wir standen lange im Flur, eine Ewigkeit, ich wurde ungeduldig, komm, rief ich und griff nach Lailas feuchter Hand, aber sie zog sie weg. Ich wollte Laila alles zeigen. Die vergangenen Tage hatte ich damit zugebracht, zu überlegen, wie wir schlafen würden, wo sie ihre Schulsachen hintun konnte, welche Seite des Schreibtisches ihre war. Kurzum, welchen Platz ich ihr in meinem Zimmer und wir ihr in unserer Familie zugedacht hatten. Aber Lailas Mutter stand noch lange in der Tür, strich sich verlegen die schwarzen Haare glatt und schwieg. Zweifel stiegen in mir auf. Was hatte das alles zu bedeuten? Ich stand in Lailas Rücken. Ihre Haare trug sie zu einem Pferdeschwanz hochgebunden. Im Nacken hatten sich wenige feine Haare gelöst und lagen als Flaum zu einem Dreieck geformt im Übergang vom Kopf zum Hals. Ich hatte auf einmal das unbedingte Bedürfnis, sie zu berühren.

Dass sie an ihrem Geburtstag zu *Pizza Hut* gehen könnten, sagte Lailas Mutter. Ich sah das Zucken der Schulterblätter, ein gleichmäßiges, wie damals in der verlassenen Wohnung der Großmutter.

Dass man dort Partys buchen könne, für Geburtstagskinder und ihre Geburtstagsgäste, die dann in der *Pizza Hut*-Küche original *Pizza Hut*-Pizza backen könnten. Sie sah zu Boden, und ich folgte ihrem Blick, wanderte zu den Füßen, die in hohen Pumps steckten. Ob sie sich darüber freuen würde? Lailas Kopf wippte, sie würde sich freuen, natürlich würde sie sich freuen, aber dann drehte sie sich zu mir um und sah verzweifelt aus.

Das schalldichte Fenster, vor dem ich an meinem Tisch sitze und schreibe, geht zum Hof hinaus; ein aufgeräumter mittelkleiner Platz mit viel Beton, in dessen Mitte sich eine junge Kastanie behauptet. Sie sieht so frisch und poliert aus, dass ich mir nicht sicher bin, ob sie am Ende nicht vielleicht doch aus Plastik ist. Ich frage mich dann, ob es das ist, was zählt, und ob dieses Leben hier wirklich mein Leben ist.

Aus dem Küchenfenster auf der anderen Seite sehe ich die Kräne, und hinter den Kränen entstehen neue Häuser. Noch sind es Skelette, in denen kleine Menschen mit gelben Helmen umhergehen. Oder sie hängen an Seilen, sitzen im Führerhäuschen eines Krans, viele Meter hoch in der Luft, unter der Sonne, mampfen gemütlich ein Pausenbrot, schnauben eine Runde, als wäre dieser Platz der selbstverständlichste der Welt.

Immer sehe ich sie fallen, und das ist nicht das Einzige, was hier merkwürdig ist. Es gibt keine Kinder, oder falls es sie gibt, sind sie sehr leise. Irgendwo unter der Treppe habe ich einen Buggy gesichtet, aber es scheint sich um ein vergessenes und dann zurückgelassenes Gefährt zu handeln. Eins der hinteren Räder fehlt, was das Ding ziemlich unbrauchbar macht. Daneben lagen ein paar alte Decken.

Es sind noch nicht alle Wohnungen bezogen, hat uns der Verwalter beim Einzug erklärt, es gab Verzögerungen im Bauablauf, über den Winter hatte man eine Pause eingelegt, der Frost hatte im Fundament Schäden angerichtet, die Kosten hatten sich vervielfacht, und nun weigerten sich einige Mitglieder, dafür aufzukommen.

Deshalb ist es, abgesehen von den Schritten, so still. Die Schritte haben sich nicht verändert, aber ich höre sie anders. Sie sind zornig geworden. Sie wollen sich behaupten. Hört her, hier bin ich. Und manchmal, ganz selten, tritt das Kind mit ihnen im Takt, dann lege ich meine Hand auf, bis es müde wird.

Die Weihnachtsfeiertage passierten uns ohne ein bestimmtes Zutun oder besonderes Ereignis. Wir führten ein Theaterstück auf, so kam es mir vor, das wir viele Jahre geprobt hatten, eigens für diesen Zweck, um es jetzt und hier vor Laila aufzuführen.

Jeder von uns wusste zu jeder Zeit, was zu tun war.

Niemand vergaß seinen Text.

Wir machten Kartoffelsalat und buken Bratäpfel mit Marzipanfüllung. Götz stach aus einem braunen Klumpen knusprige Lebkuchen. Niemand stritt, wir waren fröhlich. Stille Nacht, heilige Nacht. Ingrids klare, hohe Stimme. Es roch so gut. Die Stadt leerte sich, alle fuhren zu Großeltern, Verwandten außerhalb, nur wir nicht. Wir blieben, wo wir waren, zusammen und unter uns. Lailas Mutter machte zwischen den Jahren Inventur und war froh, dann etwas Zeit für sich zu haben, sie kam an Heiligabend vorbei und brachte jeder von uns einen Flakon Parfum mit, der mit bunten Blüten verziert war. Es war zu warm für Schnee, trotzdem trugen wir unsere neuen, mit Lammfell gefütterten Winterstiefel um den Block, bevor es fetten Gänsebraten gab und wir seinen salzigen Saft mit den Klößen matschten. Laila trug weiterhin ihre Mütze, wir hatten uns an den Anblick gewöhnt, an einen weiteren Körper in unserer Mitte. Ein Mit-Mensch. Ich dachte oft an dieses Wort. Die Wohnung der Großmutter wurde neu vermietet, und immer wieder fragten wir, gefällt es dir hier bei uns?

Allein die Frage war ein Affront. Was hätte sie antworten können? Was sollte sie antworten? Was hätten wir gehört? Was hätten wir nicht gehört? Hatte sie überhaupt eine Wahl gehabt? Ich weiß es nicht, bis heute, und vielleicht hat mich das bislang geschützt. Der Panda sei jetzt ihr Lieblingstier, verkündete Laila eines Nachmittags. Die verwaschenen Punkte auf ihrer Nasenwurzel bewegten sich auf und ab. Ich erinnere mich so genau, weil sie aus einem dieser dünnen Blättchen von der Apotheke sorgfältig eine Art Steckbrief herausgetrennt hatte und ihn über unseren Schreibtisch hängte.

Pandas sind doch scheiße, sagte ich.

Hast du eine Ahnung, antwortete sie, Pandas sind das Einzige, was ehrlich gut ist. Wusstest du zum Beispiel, dass Pandabären nur ein Kind aufziehen. Wenn sie zum Beispiel zwei Kinder mit einem Mal bekommen, sagte sie, dann wählen sie das stärkere und lassen das andere sterben.

Das war im Januar, ihre Stimme zitterte wütend, und es erschien mir unendlich grausam, es war so lange und so oft dunkel. Der erste Schnee fiel zwischen den Jahren. Die ersten Böller explodierten, jemand schmiss einen in unseren Briefkasten. Es klang unheilvoll wie die Ankündigung eines schweren Gewitters, aber es schneite. Und dann wurde der Schnee mehr, er schmolz nicht weg, sondern sammelte sich in weichen Polstern, in die man mit den Schuhen einsinken konnte, neben dem Gehsteig, bis niemand mehr zu sagen wusste, wann es eigentlich genau angefangen hatte. Kleine Maschinen, die wie Raupen aussahen, spuckten Rollsplitt, den man in die Wohnungen trug. Winzige Steinchen, die unter den Socken klebten und in die Sohle pikten.

Das ist Quatsch, sagte ich, mit dem Panda, und spürte Lailas herausfordernden Blick, der auf mir lag und eine Reaktion einforderte.

So sind die Gesetze der Natur, Linn, entgegnete sie, als müsste sie es wissen, und damals hielt ich es für möglich.

Die Gesetze der Natur. War das der Grund, warum niemand nach Lailas Vater fragte? Ich wusste von seiner Existenz. Mit meinen dreizehn Jahren wusste ich auch, dass die Existenz von Vätern nicht durch ihre Anwesenheit bewiesen werden musste. Sie kreisten wie Satelliten um die alleinerziehenden Mütter und ließen sich hin und wieder sehen, gut gelaunt als Special Guest auf einer Geburtstagsfeier. Ein, zwei Mal begegnete ich ihm, einem gut aussehenden, freundlichen Mann. Heute stelle ich ihn mir in seiner Schweigsamkeit wie die Männer aus der Marlboro-Werbung vor. Cowboys, die selbst gewählt einsam und vollkommen autark sind. Auch wenn er gepflegter aussah, das schon. Sein Kinn war glatt rasiert. Den kleinen Schönheitsfehler, seine übereinandergeschobenen Eckzähne, übersah man leicht. Erst wenn er lachte, kam er zum Vorschein. Ich entdeckte ihn an dem Wochenende, als er uns mit ins Kino nahm. Laila hatte versucht, sich zu schminken. Ein verunglückter Lidstrich hing verloren zwischen Wimpernkranz und Augenbraue. Unter den Augen klebten Klümpchen von Mascara, damals waren wir vielleicht zehn gewesen. Ich wusste nicht, was er arbeitete. Ob er überhaupt arbeitete.

Du siehst schön aus, sagte ich zu Laila und kam mir wie eine Heuchlerin vor. Sie saß zwischen uns, ihrem Vater und mir, flüsterte uns abwechselnd aufgedrehte Albernheiten ins Ohr. Ihr heißer Atem in meinem Gesicht, wie etwas Lästiges. Während der Film lief, musste ich auf einmal dringend zur Toilette. Ich schlich nach draußen, und kaum war die Saaltür zugefallen, wusste ich nicht mehr sicher, aus welcher der vielen massiven Türen ich herausgetreten war. Nur, dass hinter einer dieser Türen Laila saß, die nicht zu merken schien, dass ich fehlte. Die Minuten verstrichen, eine Ewigkeit, mutlos sank ich auf den Teppich und wartete. Erst nach dem Film traten sie aus dem Halbdunkel, ich erkannte sie zuerst nicht, ihre Silhouette. Hand in Hand, wie ein Liebespaar.

Er rief erst ein paar Wochen nach dem Umzug an. Laila nahm den Hörer und schloss die Zimmertür hinter sich. Ihre Schritte, wie sie aufgeregt umherwanderte, sich setzte oder stehen blieb, lachte, weiterlief. Als ich es nicht mehr aushielt, drückte ich auf die glatte Klinke, aber die Tür war zugesperrt. Wir besaßen nur einen einzigen Schlüssel. Wir benutzten ihn nie. Warum auch. Als sie heraustrat, lächelte sie und hatte einen glühenden Kopf. An der Reaktion meiner Eltern konnte ich ablesen, dass alles bereits besprochen war, ein abgekartetes Spiel, nichts wurde hier dem Zufall überlassen. Laila, so viel stand fest, würde die Ferien mit ihrem Vater in Istanbul verbringen.

In Istanbul, plapperte sie aufgeregt, gebe es eine Fähre, mit der man die Stadt durchqueren könne. Und an den Kais, den Ufern des Bosporus, seien Leinen mit bunten Luftballons aufgespannt, auf die man mit echten Gewehren schießen könne. Sie würden bei der Familie des Vaters wohnen, ganz dicht am Wasser, mit Blick aufs Meer. Alle seien sehr aufgeregt, sie endlich zu treffen.

Noch vor der Zeugnisübergabe fuhren wir mit Laila in

einem Taxi zum Flughafen Tegel. Es war unwahrscheinlich kalt, an den Seiten des Gehsteigs waren die gräulichen Überreste des Schnees zu kleinen Gletschern gefroren, und weil es früh am Morgen war, dämmerte es. Die Laternen brannten und gossen gelbe Inseln auf die Straßen. Laila küsste mich auf die Wange zum Abschied, vergiss mich nicht, und da erst fiel mir auf, dass sie die Mütze nicht trug.

Deine Mütze, sagte ich, aber sie war schon durch die Schleuse getreten. Später fand ich die Mütze zu Hause, sie lag unter einem Berg Wäsche, ziemlich weit unten.

Wohin reisten wir in diesen Ferien? Wir fuhren ohne Laila, nur zu dritt, daran erinnere ich mich. Ich erinnere mich auch daran, dass sie fehlte, obwohl niemand von uns es aussprach. An einem Nachmittag besuchten wir einen Uhrmacher in seiner Werkstatt, die auf dem höchsten Punkt der Insel gelegen war. Dort gab es eine Standuhr, groß wie ein Mensch, die ihr Innerstes geschützt durch eine Scheibe Plexiglas offenlegte. Viele kleine gezackte Rädchen, die ineinanderfassten, damit ein weiteres oder weitere in Gang setzten. Und ich weiß noch, wie ich dachte, irgendetwas hat sich hier verhakt.

Später stand ich am Pier des Hafens. Er war nicht besonders groß, vielleicht waren wir auf den Kanaren, Ingrid erzählt noch heute manchmal von einem furchtbaren Urlaub auf La Palma. Meine Haare hatte ich nicht gebürstet, sie waren vom Salzwasser spröde und klebrig, im Nacken unordentlich zu einem Zopf geknotet. So trat ich gegen einen Poller an, der das Becken vor mir begrenzte. Als wäre das ein ebenbürtiger Gegner. Es musste Mittag gewesen sein, es war unerwartet warm geworden. Die Männer waren vom Meer zurück. Unter der Sonne breitete sich der Geruch verwesender Meerestiere aus, die am Saum des Beckens in einer mir unbekannten Sprache feilgeboten wurden. Glänzende Tintenfischarme lagen in einem Knäuel neben einem Berg Krabben, deren Augen wie Stecknadelköpfe als schwarze Punkte hervortraten. Die Fischerboote aus einfachen Holzplanken stießen friedlich an die Mole, wie Eiswürfel in einem Glas. Das Wasser war nach dem gestrigen Tag, der ein stürmischer gewesen war, immer noch aufgewühlt und schlammig grün. Ich versuchte mir auszumalen, wie sich die Noppen der Arme auf der Haut anfühlten, winzige verschleimte Saugnäpfe. Gerne hätte ich sie berührt, auch die Schuppenhaut, Augen, die starr ins Leere gerichtet waren. Tiere, nur noch Masse, eine Ware, ohne miteinander eins zu sein. Ich zwang mich, nicht wegzusehen. Mit der Zeit schwollen sie auf die Größe menschlicher Organe an; ein Herz, eine Milz oder Leber. Einer der Verkäufer bemerkte, wie ich demonstrativ missmutig an dem Poller lehnte. Innerhalb weniger Lidschläge war er bei mir angelangt, pulte konzentriert an einer Krabbe und hielt sie mir hin, den Mund zugekniffen; auf seinen Fingerknöcheln, seinen Armen, seiner Brust wuchs schwarzes, drahtiges Haar, es war dicht und glatt. An seiner gebräunten Hand, mit der er mir die Krabbe hinhielt, klebten Reste der Tiere, aber auch Schmutz. An den Rändern saßen feine weiße Kristalle aufeinander, eine Kruste aus Salz. Ich sah mich um, versuchte die anderen zu entdecken. Ingrid saß abseits auf einem kleinen Mauervorsprung. Dass ich aufhören solle, gegen den Poller zu treten, endlich damit aufhören, mir wehzutun, hatte sie nicht gesagt. Sie war in sich versunken, verschlossen, und weinte oder tat als ob, die Hände vorm Gesicht zusammengeschlagen. Wie sollte sie mich so auch sehen. Auf der Oberfläche des Meeres schwammen lichte Inseln, es ging kein Wind. Es war so hell, ich musste die Augen zusammenkneifen, um sie zu erkennen, Ingrid und Götz, ihre Silhouette. Von einem Moment auf den anderen kippte der Himmel weg. Der Mann mit den groben Händen war aufgerückt. Er sagte etwas, das ich nicht verstand und auch nicht verstehen wollte. Er sollte bleiben, wo er war. Weit genug entfernt, um mich nicht zu fürchten, aber nah genug, um meinen Eltern einen Schrecken einzujagen, wenn sie herübersahen.

In Schüben nahm ich seinen Geruch wahr, ein Geruch nach Meer, vermengt mit Schweiß, Kernseife und etwas Metallischem. Vor der Ladenzeile oben entdeckte ich weitere Männer, woher sie gekommen waren – hatte ich sie zuvor nicht bemerkt? Lautstark machten sie auf sich aufmerksam. Einer schwang die Arme durch die Luft wie riesige Scherenblätter, deren Klingen aneinanderrieben. Andere klatschten sich übermütig gegenseitig ab wie die Jungs auf dem Bolzplatz im Dorf, wo staubige Füßchen Tore schossen, Gesichter jubelten und Arme in die Luft gerissen wurden. An einem Nachmittag hatte ich sie beobachtet, bis sie mich entdeckten, lachten. Aber was hatten diese Männer schon erreicht, außer meine Furcht zu wecken? Ein nackenloser Mann pfiff gegen den aufbrausenden Lärm eines ablegenden Motorbootes an.

Über Ingrid gebeugt stand Götz und redete auf sie ein. Die Sonne warf sie verzerrt als längliche Gestalt über den Steinboden. Sie waren mir plötzlich fremd, gänzlich Unbekannte. Dann stieß Ingrid Götz von sich weg, so unerwartet, dass Götz ein paar Meter rückwärtstaumelte. Mein Herzschlag stolperte. Er konnte das Gleichgewicht gerade rechtzeitig noch halten. In diesem Moment riss er den Kopf hoch, ich sah seinen Schrecken, die weit aufgerissenen Augen. Sein Blick hatte nicht mir gegolten, aber jetzt sah er zu mir rüber. Und er sah, dass auch ich ihn gesehen hatte.

Unbewegt stand ich da. Der Mann mit dem schwarzen Haar hatte sein forschendes Interesse an mir verloren. Dumm glotzte ich in die Gegend, antwortete nicht und machte keine Anstalten, die Krabbe in seiner Hand anzusehen. Sein Publikum war gelangweilt. Die Kumpels hatten sich wieder der Arbeit zugewandt, ich sah ihre kräftigen Rücken, die zuckenden Muskeln. Nur eine Sekunde: im Umdrehen begriffen, klaubte ich ihm die Krabbe von der geöffneten Handfläche. Er musste erschrocken sein, aber er rieb sich nur mit der nun leeren Hand über den Oberarm, lächelte verdutzt und setzte seine Bewegung schweigend fort. Selbst auf seinem Rücken wuchsen Haare. Ein penetranter Geschmack nach Salzwasser breitete sich auf meiner Zunge aus. Ich versuchte zu kauen, aber das Fleisch war hart und knotig, also schluckte ich es einfach am Stück hinunter.

Spuck das aus, Götz stand vor mir, über mir, war im Gegenlicht nur als Schattenriss erkennbar, riesenhaft.

Bist du bescheuert.

Seine Augen wirkten größer als sonst. Mir kamen die Fische in den Sinn, ihre nasse, kalte Haut. Er griff mir in den Kiefer, wie man es bei kleinen Kindern oder Tieren tut, um mechanisch den Mund zu öffnen. Ich schüttelte den Kopf, wollte seine Hand loswerden. Zubeißen, dachte ich, tat es aber nicht. Eine Wut, die sich durchs Brustbein schraubt und alles andere eng und kompakt macht.

Ich dachte an die Zwillinge, von deren Existenz ich gerade erst erfahren hatte. Oder eigentlich war es genau umgekehrt: Es gab sie nicht, und das war ungeheuerlich. Sie waren winzig gewesen, wie der Nagel des kleinen Fingers, die Krabbe in der groben Hand des Fischers. Im Biologieunterricht hatten wir gerade die Entwicklungsstadien des Embryos durchgenommen.

Ich war nun vierzehn Jahre alt.

Ich wusste schon eine ganze Menge über Dinge, die Kinder nicht wissen. Dass die Zwillinge im juristischen Sinne noch keine Föten gewesen waren, zum Beispiel. Dass die Freiheit, über den eigenen Körper zu bestimmen, ein junges Recht war, für das Frauen wie meine Mutter gekämpft hatten, und dass das etwas Gutes war.

Götz ließ jetzt meine Wangen los.

Zu spät, sagte ich und schenkte ihm ein aufgesetztes Lächeln. Nachdem der brennende Salzgeschmack verschwunden war, nahm ich das Fischige wahr, das darunter verborgen lag, ich verzog den Mund.

Hoffentlich bekommst du keine Fischvergiftung.

Götz' Gesichtszüge entspannten sich, die Wut war verflogen, plötzlich sah er besorgt aus. Die Augen wanderten zu Ingrid, die immer noch auf dem Poller saß.

Ich rechnete still nach. Sie wären sechzehn gewesen, hätten Götz und Ingrid sie nicht wegmachen lassen. So hatte Ingrid es ausgedrückt: Wir haben es schon mal wegmachen lassen, Linn, lange vor dir. Wir hätten das nicht geschafft, Zwillinge, ich hatte einfach Angst.

In diesem Moment wusste ich nicht, was schlimmer war. Die Vergangenheit oder die Zukunft. Vielleicht die Tatsache, dass Ingrid, in Tränen aufgelöst, dort auf dem Poller saß und fürchtete, wieder schwanger zu sein. Wieder abtreiben zu müssen. Und dass ich dieses Mal anwesend war. Die Frage danach, warum ich überhaupt anwesend war.

Ich war hier.

Ich will kein Baby, Götz, verstehst du das nicht, hatte sie auf der Promenade geschrien, so laut, dass ich es auch verstand, obwohl ich in einem Sicherheitsabstand von mindestens fünf Metern ging, der sich automatisch einstellte, sobald sie anfingen, ihre Stimmen zu erheben. Etwas war mit dieser Insel, lag in der Luft.

Sie waren stehen geblieben, und mir war nichts anderes übriggeblieben, als sie zu hören.

Ihr seid doch bescheuert, hatte ich gesagt, als ich verstand, worum es ging; habt ihr etwa nicht verhütet?

Ich wusste, ich hatte kein Recht, wütend zu sein.

Ich war hier.

Wir finden eine Lösung, sagte Götz, als würde ihn das alles nicht betreffen.

Ich kann das nicht noch mal, Götz, die Zwillinge.

Niemand hatte mir etwas getan. Trotzdem fühlte ich mich betrogen.

Du hast sie umgebracht, hatte ich auf der Promenade geschrien und damit ziemlich sicher Ingrid gemeint, auch wenn ich wusste, dass es falsch war.

Du hast nicht aufgepasst, hatte Ingrid Götz angeschrien. Sie war wütend, ihre Nerven waren gespannt, seit Tagen wartete sie im Stillen auf die erlösende Blutung.

In der Apotheke gibt es Tests, hatte Götz geantwortet, und dann herrscht Klarheit. Als wäre damit alles in Ordnung gebracht. Er hatte Ingrid sanft am Arm berührt, sie seine Hand weggeschlagen. Ich sie beschimpft. Er mich beschimpft. Alles war kaputt, und ich konnte mir beim besten Willen nicht vorstellen, wie sich aus diesem Chaos irgendwann wieder etwas Ganzes fügen sollte, auch wenn wir hier nicht wegkamen, gefangen auf dieser verdammten Insel. Ingrid war in sich zusammengesunken, und ich war zum Poller gelaufen, während Götz versuchte, auf sie einzureden.

An mein Schulterblatt legte sich jetzt ein Gewicht, es war Götz' Hand.

Vertragt euch doch. Auf seiner Brille spiegelte sich das Meer. Bitte, Linn.

Ich spürte die Wärme unter seiner Hand, die in mein Fleisch strahlte. Entfernt standen die Fischer, wie Gestalten aus einer anderen Zeit, flickten scherzend grobe Netze und strichen ihre Boote in Bonbonfarben an.

Hatte ich den Fischer nur geträumt? Es wirkte fast niedlich, dieselbe Szenerie, die mir wenige Sekunden zuvor eine Heidenangst eingejagt hatte. Wir hatten gestern in einem der Lokale oben bei den Lädchen zu Mittag gegessen, das fiel mir jetzt wieder ein, und die Fischer beobachtet. Dabei hatte ich blasse Limonade getrunken. Sie kam in einer grünen Flasche, die schwitzte, so dass sich das Etikett vom Hals löste und von selbst hinunterrutschte. Das alles war bereits eine Ewigkeit her, ich konnte es betrachten wie eine Fotografie aus dem letzten Sommer. Später waren wir an den Strand gegangen, die zehntausend Stufen hinabgestiegen. Zum ersten Mal seit Beginn der Ferien war das Meer unruhig. Mit Götz stieg ich in die brusthohen Wellen, die eiskalt waren, während Ingrid in einer der verwaisten Strandbars saß und an einem langstieligen Glas mit durchscheinender Flüssigkeit nippte. Am Rand steckte eine ganze Scheibe Orange, die sie in eine Serviette wickelte und für mich aufhob. Sie saß unter einem großen taubenblauen Schirm in ihrem gelb und weiß gestreiften Sommerkleid, obwohl die Sonne gar nicht stark war und immer wieder in Bergen von Wolken versank. Wie glücklich ich gewesen war, als ich nach dem Schwimmen schlotternd neben ihr gesessen hatte, den kühlen Sand an den Fingerspitzen der rechten Hand, die sich bis zur nassen Schicht vorgearbeitet hatte, und das saftige Fleisch mit dem leicht bitteren Geschmack des Rums von der Schale saugte.

Ingrid verkrampfte, als ich sie in den Arm nahm. Wir waren beinahe gleich groß. Mir stiegen Tränen in die Augen, dieser Geruch, der auf mich einstürzte, vollkommen unvorbereitet, eine Mischung aus frischen Pflaumen, ihrem Shampoo und Sonnenmilch.
Entschuldigung, flüsterte ich, es tut mir leid.

Die Blutung kam zwei Tage vor unserer Abreise. Und obwohl wir alle erleichtert waren, dass Ingrid nicht schwanger war, blieb eine Leerstelle zurück. Über das Ereignis waren plötzlich die Zwillinge sichtbar geworden, oder ihre Nicht-Existenz. Sie besetzten als Klammern wimmelnd diesen Ort, den warmen Schoß meiner Mutter, auf den ich manchmal meinen Kopf gelegt hatte und der sich immer wie ein gut gewärmtes Zimmer anfühlte. Nach diesem Tag tat ich es kaum noch. Er gehörte mir nicht mehr allein. Die Zwillinge bedingten mich. Mir gehörte im Gegenzug ihre Geschichte. Wie sie heute ausgesehen hätten, versuchte ich mir vorzustellen. Ich probierte ihnen Namen an wie Kleider. Sie wurden zu Versionen von mir, männlich und weiblich, meistens dunkler, die Gesichtszüge eine Mischung aus Götz und Ingrid.
Am Abend vor der Abreise lag ich im Bett. Vor den Fenstern fuhr der Wind in die Gräser, klatschte die Halme an das Glas vor meinem Zimmer. In der Küche unseres Ferienbungalows hörte ich Ingrid lachen, auch Götz, aber leiser. Ich kroch noch tiefer unter die dünne Decke, zog den Kopf darunter.

Werden unsere Eltern sich scheiden lassen, flüsterte ich. Horchte in diese Stille, eine Ahnung, und warum haben sie dann trotzdem Sex?

Meistens hatten sich die Zwillinge in irgendeinen entlegenen Teil meines Körpers zurückgezogen wie ein Echo, in den Zeh oder zwischen zwei Rippen geklemmt, aber wenn ich lange genug in mich hineinhörte, dehnten sie sich aus, füllten meinen ganzen Körper mit ihren wilden Seelen. An diesem ersten Abend trieb ich hinaus in eine Phantasie, die ich mit niemandem teilen musste, bis der Schlaf mich holte. Das Meer funkelte, die Nacht war schwarz, öffnete ich die Augen, war es auch schwarz. Sterne zogen auf, um sich kurz darauf einer nach dem anderen in die Wogen hinabzustürzen.

Unser Haus kam mir dagegen banal vor, es stand dort wie ein Berg. Und daneben ein weiterer und noch einer, endlos viele, die die Sicht auf das Wesentliche verstellten. Als wir den zugigen Hausflur betraten, Sand in den Schuhen und ein Knirschen zwischen den Zähnen, lag da eine Postkarte im Briefkasten. Lailas Schrift: eilig hingeworfene Krakel, ich konnte sehen, dass sie sich nicht viel Zeit dafür genommen hatte. Angezogen legte ich mich aufs Bett und las, ohne auch nur eine Sekunde an das Motiv zu verschwenden.

Liebe Linn,
 wie geht es Dir? Mir geht es sehr gut! Wir haben gerade Fisch gegessen, den deutschen Namen für den Fisch weiß ich nicht. Das auf dem Foto ist übrigens der Bosporus. Die Luftballons kann man nicht gut sehen. Aber es gibt sie.
 Deine Laila

An dem Geruch versuchte ich zu erraten, ob die Geschichte mit dem Fisch stimmte. Laila hasste Fisch. Warum sollte sie in Istanbul damit aufhören? Warum sollte sie jemals damit aufhören, Laila zu sein, fragte ich die Zwillinge. Der Karton roch nach Verladestation, nach unzähligen Händen, durch die sie gewandert war, und nicht zuletzt nach dem Öl-Lappen in unserem Briefkasten, den wir benutzten, um die Fahrradketten zu schmieren. Laila würde erst in zwei Wochen zurückkommen, vielleicht ahnte ich schon, dass es in Wirklichkeit sehr viel länger dauern würde oder dass ein Teil von ihr fortan immer dortbleiben würde. Ich nahm die Karte, legte sie in den Müllkübel unter unserem Schreibtisch, fischte sie wieder heraus. Auf dem Bild spannte sich eine furiose Brücke von einer Seite über das Wasser zur anderen, sie wurde gehalten von Stahlseilen, die an den Ufern festgemacht waren. Die Botschaft war so offensichtlich, dass ich sie einfach übersah. Es kam mir ganz und gar unmöglich vor, dass Laila, vielleicht sogar in diesem Moment, über die Brücke spazierte, der Wind ihr in die Haare fasste und sie von oben herunterspuckte. Aber wo hätte sie sonst sein sollen? Auf der Suche nach Ablenkung stieg ich die Treppen hinunter, schlüpfte in den Garten. Links lag der Eingang zum Keller, rechts rauschten die Beete im kühlen Wind, dahinter befand sich der Sandkasten und obenauf eine leuchtend grüne Schippe aus Plastik. Meine Finger waren steif vor Kälte. Ich lief am Holzturm vorbei, blieb schließlich bei den Bänken stehen, die vor dem leeren Hühnerstall standen. Niemand in Sicht. Im Mund breitete sich der fade Nachgeschmack des Flugzeugessens aus, und ich legte mich längs auf die Bank, verschränkte die Arme im Nacken. Wolken zogen auf, gleich würde es anfangen zu regnen. Ich schloss die Augen und stellte mir Lailas Gesicht vor, das vertraute, aber es wirkte vage, wie das zaghafte Klopfen an einer entfernten Tür.

Ey, schläfst du etwa?

Ich schlug die Augen auf, drehte meinen Kopf so heftig, dass es kurz in der Wirbelsäule knackte.

Vereinzelt fielen feine Tröpfchen aus der regenschweren Decke über mir.

Hallo.

Ich stand auf, ging einen Schritt in Richtung Hauseingang. Kurz wurde mir schwindelig.

Wer spricht da?

Hier oben!

Zwischen den hölzernen Stegen des Geländers um die Plattform des Wachtturms tauchte etwas Rundes auf, es war das Gesicht von Malvina.

Du hast doch nicht etwa geschlafen.

Nein, log ich.

Vorsichtig setzte ich die Füße auf die Streben, die teilweise locker saßen. Ein paar Eltern hatten sich deshalb bei der Hausverwaltung beschwert, aber es wurde nichts unternommen. Genauso wenig, wie gegen die Junkies, die sich in den Wintermonaten regelmäßig, wenn es am kältesten war, in unserem Hausflur verschanzten, vorgegangen wurde. Malvina saß gebeugt im Schneidersitz, unter sich eine mehrfach gefaltete Decke. Neben ihr ein leuchtend blauer Discman mit eingestöpselten Kopfhörern, eine Tüte Chips mit Speck-Geschmack und eine Fanta. Sie nahm einen Schluck aus der halb vollen Flasche. Ihre Finger waren von der Kälte gerötet.

Was machst du hier?, fragte ich, auch wenn es offensichtlich war.

Willst du?, sie griff nach einer Schachtel Lucky Strikes, hielt sie mir hin. Obwohl ich wollte, war ich so perplex, dass Malvina mein missglücktes Nicken wohl als ein Nein interpretierte.

Pech, sagte sie, zog eine Kippe aus der Schachtel und steckte sie sich so zwischen die Lippen, dass ihr Mund ganz schmal wurde. Es dauerte, bis das Feuerzeug eine Flamme warf. Scheißding, sagte sie. Den ersten Zug sog sie so fest ein, dass ihre Wangen einfielen, sie inhalierte lange auf Lunge und blies dann den Rauch durch die Nase.

Du siehst irgendwie anders aus, bemerkte sie beiläufig, so braun.

Sie zog an meinem Jackenärmel, hielt ihr blasses Handgelenk gegen meins.

Wir waren im Urlaub.

Geflogen?

Ich nickte, nach einer Pause fügte ich hinzu: War echt langweilig, mit meinen Eltern, meine ich.

Verstehe, sagte sie, aber ich konnte sehen, dass sie mir nicht glaubte. Umso mehr überraschte es mich, dass sie mir dann doch noch die brennende Zigarette hinhielt und sagte: Erzähl doch mal! Ich nahm einen Zug, der ausreichte, um die restlichen Tage der Ferien nach kalter Asche schmecken zu lassen.

Es war wie ein Wunder. Dass Malvina Bardelli ausgerechnet mich wählte, ihre Freundin zu werden, die Zwillinge in mir jubelten. Neben ihr war ich ein Kind, ging unsicher, aber reckte die Brust nach vorn. Sie trug T-Shirts, die ihrem kleinen Bruder gehörten und unter denen sich fest und spitz der Busen hervorwölbte. Wir spielten irgendein albernes Spiel, und dabei streifte ihr Busen meinen Handrücken, nur ganz leicht. Heiß und hart. Mir lief ein Schauer über den Rücken und später noch einer, als ich vor dem Einschlafen den Zwillingen berichtete:

Ich habe Malvina Bardellis Busen berührt. Während der zwei Wochen kam sie immer öfter, schließlich jeden Abend, blieb immer länger. Und wenn sie gehen musste, weil es Zeit zum Schlafen war, klang das Knallen ihres Kaugummis im Zimmer nach.

Einige Zeit nachdem wir alle ausgezogen waren, stand sie am U-Bahnhof Schönleinstraße. Unten bei den Rolltreppen, sehr präsent und geschäftstüchtig, nicht so duckmäuserisch wie ihr Kumpan, den ich vom Sehen bereits kannte. Jeder weiß, dass das illegal ist, am Ende der Rolltreppe zu stehen und nach gebrauchten Tickets zu fragen und die Tickets weiterzuverkaufen. Ich habe gar nicht richtig hingesehen – oder? –, weil ich wie immer dachte, jaja, Fahrkarte. Und auf einmal rief jemand hinter mir meinen Namen. Ich habe mich erschrocken umgesehen, aber in dem Moment schon verstanden, dass sie es ist, im Umdrehen begriffen, was bedeutet, dass ich sie doch gesehen haben musste, wahrscheinlich sogar erkannt.

Kein Zweifel, sofort wusste ich Bescheid. Lailas Stimme im Ohr, daran erkennt man die Zombies, weißt du, du musst ihnen in die Armbeuge schauen. Unter Malvinas Augen schwammen tiefblaue Seen. Sie musste denken, ich hätte sie absichtlich ignoriert, aber anscheinend machte ihr das nichts aus. Oder sie war auf einem wirklich guten Trip.

Wie geht's?, fragte sie.

Sie schien fröhlich und hatte immer noch diese nassen Augen, die den Eindruck erweckten, sie habe gerade geweint. Die Jungs im Hof mochten das, auch ihre Sommersprossen, die im August ihren ganzen Körper bedeckten. Als ich ihr jetzt in die Augen sah, musste ich an Fische in einem Aquarium denken.

Ich dachte: Da ist also eine erwachsene Malvina drin.

An ihre Art, der Welt den Mittelfinger zu zeigen, im Zweifelsfall. Wie sie uns früher allen überlegen war, mit dieser ausgestellten Aura der Gleichgültigkeit.

Und auch sie hatte mich nicht vergessen. Sie wusste genau, wer ich war. Ich sah es in ihrem Blick, der mich festhielt, ich hatte Mühe, ihm standzuhalten: Das Mädchen hat Glück mit den Eltern, die alles mit ihm machen. In den Urlaub fahren, Ausflüge unternehmen. Das Mädchen darf reiten. Das Mädchen bekommt dieses ganze Zeug, das man zum Reiten braucht. Und die, die mit dem Mädchen befreundet ist, auch noch, damit sie eine Freundin hat beim Reiten. Wenn das Mädchen einen mag, dann hat man echt Schwein gehabt, weil man dann auch alles in den Arsch, hinten rein, wie Malvinas Eltern sagen, die bekommt doch alles hinten rein.

Wie sie einmal zu uns hochgekommen war, fiel mir jetzt ein, am Abend, und nicht mehr gehen wollte, einfach im Flur stehen blieb. Ingrid musste sie überreden, mit dem Hinweis, dass sie morgen ja wiederkommen konnte. Eine andere Erinnerung: An dem Wochenende, bevor Laila zurückkam, lagen wir in meinem Zimmer auf dem Boden, wir lasen in einer Zeitschrift darüber, was man gegen Orangenhaut unternehmen konnte. Wir betrachteten eingehend das Model, das sich ihre Oberschenkel mit Frischhaltefolie umwickelt hatte, damit die Kur, die sie auf einem der Fotos mit einem Küchenpinsel auf die Haut des Oberschenkels auftrug, besser einwirkte.

Ob das funktioniert, sagte Malvina und schreckte im selben Moment auf. So plötzlich, dass auch das Kaninchen, welches sich in ihren Schoß geschmiegt hatte, erschrak, Scheiße, schrie sie, das Ding hat mich angepisst. Hast du mich angepisst, du Scheißvieh?

Und sie begann nach dem Kaninchen zu treten, das jetzt panisch seine Läufe in Bewegung setzte. Als sie es gefasst hatte, warf sie es in die Luft. Der Aufprall war dumpf, es rührte sich ein paar Sekunden nicht, erstarrte im Schock, dann raste es wie wild im Zimmer herum, immer im Kreis, immer im Kreis, schlug die Läufe klopfend in den grauen Teppich. Ich schrie, wie ich mich selbst noch nie hatte schreien hören, wollte es einfangen, festhalten, beruhigen, und Malvina lachte sich kaputt. Blödes Vieh, sagte sie, du Arschloch, du blödes Scheißarschloch, das hast du jetzt davon.

Ob sie wieder mal da war, in unserem Hof? Unser Hof, so sagte ich das, weil klar war, dass es das Einzige war, das uns jetzt noch miteinander verband, obwohl ich selbst zuletzt vor zehn Jahren dort gewesen war.

Sie kratzte sich am Unterarm, rote Pusteln breiteten sich von dort aus. Sie hatte offenbar nichts zu verstecken, nicht vor mir. Sie war immer noch stolz. Ihre helle Haut war so durchscheinend, dass ich die Adern darunter bläulich schimmern sah. Ihre Handgelenke waren dünn wie bei einem Grundschulkind.

Mit der Mutter verstehe sie sich nicht mehr, warum solle sie da –?

Ich nickte, erleichtert. Wir hatten die Form wiedergefunden. Zwei Frauen, die sich nach langer Zeit wiedertreffen, die sich darüber freuen, ein früheres Leben zu teilen. Dann fuhr die Bahn ein. Der Luftzug war ein hörbares Aufatmen. Stürmisch umarmte ich sie, aus diesem schlechten Gewissen heraus; alles hinten rein. Sie roch nicht schlecht, nicht so, wie ich mir vorgestellt hatte, dass ein Junkie riechen würde. Woher sollte ich das auch wissen? Dezent nach Seife, nüchtern. Und, irgendwo darunter, eine Spur Weichspüler. Ihre Arme hingen schlaff auf mir, als hätte sie mit dieser Umarmung nichts zu tun. Aber sie wehrte sich auch nicht dagegen.

Sie sagte einfach nur: Bis dann also, Linn.

Bis dann, sagte ich und stieg ein, sie hob den Arm, langsam und immer noch erstaunt, winkte mir von draußen nach.

Zu Hause zog ich mich komplett aus und stopfte alles in die Waschmaschine. Betrachtete meine nackten Brüste von oben, ihre Wölbung, nahm die rechte prüfend in die Hand, hob sie an. Ließ sie fallen. Die Warze, der Warzenhof. Sie stellte sich auf, wurde hart. Warum? Ich füllte Waschmittel in das obere Fach der Maschine, startete die Kochwäsche. Dann strich ich über den Bauch, legte den Finger in die Falte über dem Schambein, wanderte tiefer, steckte ihn rein, obwohl ich keine Lust hatte. Draußen lief jemand den Flur entlang. Schlüssel klimperten. Dann stieg ich in die Dusche und drehte heiß auf, bis alles voller Dampf stand.

Laila kam zurück, als der März schon angebrochen war, und natürlich hatte sie recht. Malvina will nicht deine Freundin sein, sagte sie abfällig, du bist ihr doch komplett egal, sie will bloß nicht da sein, wenn die sich die Köpfe einschlagen. Mit dem Finger deutete sie auf den Boden. Die da unten.

Sie saß aufrecht im Bett wie ein Ausrufezeichen und bürstete dabei ihre schweren, langen Haare, die sie, seit sie aus der Türkei zurück war, immer offen trug. Im Schweigen hörte ich, wie die Nadeln sich in den Haaren verfingen, immer aufs Neue, mit einem knackenden Laut abbrachen. Sie ist neidisch, dachte ich, weil sie nicht interessant genug ist; natürlich musste sie wegen Malvina neidisch sein und mir alles kaputt machen.

Es war leichter, das zu sehen als Lailas Verwandlung. Es war, als wäre sie durch eine Drehtür getreten, gerade noch lachend, stand sie nun auf der anderen Seite, seltsam unbeteiligt, die Hände in den Hosentaschen zu Fäusten geballt. Wie sie auch am Flughafen am Gepäckband gestanden hatte, das sich mit einem lautlosen Ruck in Bewegung setzte. Auf der anderen Seite der Scheibe standen wir, ihre Mutter, Ingrid und ich. Mit uns warteten andere, manche von ihnen hielten Schilder in den Händen, HERZLICH WILLKOMMEN, wobei das »Herz« eine Zeichnung war. Lailas Mutter trug eine blasse Rose in der gesenkten Faust. Ich hatte mir am Vorabend Kleidung zurechtgelegt, Malvinas mit schwarzem Samt bezogenen

Haarreifen, den sie mir geborgt hatte. Vielleicht hatte sie ihn auch einfach nur oben bei uns vergessen. Er war für meinen Schädel viel zu eng, hinter den Ohren zwickte es, mein Kopf fühlte sich darin an wie in einem Schraubstock. Von der Stelle hinter den Ohren ging klopfend ein dumpfer Schmerz aus, aber ich hatte mich daran gewöhnt. Ich beobachtete, wie die Passagiere ihre Koffer und Taschen vom Band wuchteten, mit einer Erleichterung, als hätten sie es nicht für möglich gehalten, ihr Gepäck jemals wiederzusehen. Hinter uns fuhren summend Fahrzeuge durch die hohe Halle. Die ersten Passagiere traten aus der Tür, zwei Scheiben, die sich auf gespenstische Weise öffneten und wieder schlossen. Ich kaute angestrengt auf meinem alten Kaugummi, er schmeckte fad und war steinhart. Die Ankommenden blieben jeweils kurz stehen, wie auf einer Bühne, als müssten sie nun etwas darstellen und hätten sich nicht vorbereitet. Die kleinste Bewegung wirkte riesengroß. Sie studierten nervös die freudigen Gesichter, schaukelten von einem Bein aufs andere. Erst dann stürzten sie erlöst jemandem entgegen. Laila rührte sich nicht. Ihre Mutter schlug mit den Fingerknöcheln der linken Hand aufgeregt an die Scheibe neben dem Ausgang, an der sich bereits andere die Nase platt gedrückt hatten. Sie wandte uns den Rücken zu, und kurz sah es aus, als würde sie zurück in den Schlauch treten, der zum Flugzeug führte; dorthin, woher sie gekommen war. Überall auf dem Glas waren fettige Abdrücke, verwischte Spuren von Vorfreude und vielleicht auch Furcht; ob der Mensch, den man zuletzt gekannt hatte, noch existierte?

Laila trat als eine der Letzten hinaus. In der Umarmung flüsterte sie mir etwas ins Ohr, sie öffnete den Mund, ihr Kinn vergrub sich in der Mulde zwischen meinem Hals und Kopf. Aber alles wurde übertönt von einer verzerrten Ansage, die einen verspäteten Flug aufrief. El Salvador, San Sebastian, oder war es Sacramento gewesen? Ein Ort, der in weite Ferne schwamm, mit jeder Wiederholung etwas mehr. Laila umschloss mich fest mit beiden Armen, das überraschte mich. Aber nur, weil sie ihre Mutter kaum zur Kenntnis genommen hatte. Heute wünsche ich mir, ich könnte ihre Ankunft verlangsamen. Zurückdrehen: Was hast du gesagt, Laila?

Es war etwas voller guter Absicht, das ich nicht bereit war zu hören. Ich wusste, sie würde es kein zweites Mal sagen.

Die Gruppe der Wiedervereinten hatte sich ausgedünnt, niemand wollte länger als notwendig an diesem Ort sein. Es fühlte sich falsch an, hier zu stehen, wo alle anderen in Bewegung waren. Mit der Zunge fuhr ich in eine wunde Backentasche. Ein spitzer Zahn hatte sie aufgerissen.

Wollen wir, sagte Lailas Mutter. Sie hielt noch immer die Rose in der Hand. Ingrid griff nach Lailas Reisegepäck, das zu ihren Füßen stand, auf diese entschlossene Weise, wenn ihr die Dinge zu lang wurden, zu umständlich.

Fast augenblicklich nahm Laila es ihr aus der Hand.

Ich kann das allein, Ingrid, danke, aber ich mach das schon. Immer wieder fuhr ich mit der Zunge über die wunde Stelle, die Spitze des Backenzahns, der das verursacht hatte, dem letzten in der Reihe oben links. Es fühlte sich neuartig an, aufregend, fremd. War es möglich, dass er mir all die Zeit nicht aufgefallen war? Ingrid nickte, ihr Blick lief irritiert in meine Richtung, als müsste ich Laila verstehen, zwischen ihnen vermitteln, und legte mir eine Hand an die Schulter, mit der sie mich sachte zum Ausgang schob.

Der Geruch fiel mir erst im Auto auf, er füllte schnell das ganze Fahrzeug aus. Ein Überbleibsel der langen Reise, abgestandene Luft aus dem Flugzeug, die sich in ihren Klamotten festgesetzt hatte. Aber auch eine Woche später roch sie noch danach, roch anders als die Laila meiner Erinnerung. Wo Laila war, machte er sich breit. Heimlich durchwühlte ich ihren pastellblauen Kulturbeutel und suchte darin nach einem Ursprung. Ich versuchte, einen Unterschied auszumachen: vor der Dusche, nach der Dusche. Aber immer kam nur eine Spur Shampoo dazu, dieser andere Geruch verschwand nie ganz. Und nachdem ich überall um sie herum gesucht und nichts gefunden hatte, wurde mir klar, dass er von ihr kommen musste, aus ihr selbst heraus.

Hast du nicht gemerkt, dass sie anders riecht?, fragte ich Ingrid, die an der Spüle stand. An ihren Händen klebte Schaum, sie waren rot, die Adern traten dicklich hervor, und sie erschienen mir mit einem Mal viel größer und gröber als sonst. Das Wasser dampfte. An ihrem Blick konnte ich sehen, dass sie sofort verstand, was ich meinte, worauf ich hinauswollte – du hast es also auch gerochen –, und trotzdem, oder gerade deshalb, schüttelte sie heftig den Kopf, ließ die Hände sinken: Was ist bloß zurzeit los mit euch?

Ihre Hände verschwanden ganz im Becken. Etwas stieß aneinander, Teller, Tassen. Ich sah aus dem Fenster, über den Garten hinweg, seine Büsche, in den Park. In einer Art Tümpel sammelte sich Müll. Es gab dort auch Fische. Manchmal sah ich zwei Jungen, die angelten, vielleicht waren es Brüder. Wenn sie etwas gefangen hatten, warfen sie es augenblicklich zurück ins schlackige Wasser, auf dessen Oberfläche ölige Schlieren schwammen. Ob es tatsächlich Fische waren oder eine leere Plastiktüte, konnte ich von hier nicht erkennen.

Sie riecht anders, beharrte ich.

Ingrid stöhnte leicht auf, als sie den Oberkörper aufrichtete, einen kleinen Teller hochnahm und ihn ins Becken mit dem klaren Wasser tauchte. Die Haare an den Schläfen waren feucht vom Dampf, klebten am Kopf. Sie legte den Teller nicht in den Abtropfkorb, sondern griff nach dem nächsten schmutzigen Becher.

Ihr seid beide in einem Alter, in dem sich noch jede Menge Dinge ändern werden, Linn. Dinge ändern sich eben. Das sagte sie mehr zu sich als zu mir und strich sich mit dem Handrücken den Pony aus der Stirn.

An einem Samstagnachmittag lud sie uns alle ins Kino ein. Als Familie hätten wir schon lange nichts mehr unternommen, sagte sie, entschuldigte sich aber am Abend, sie habe zu starke Kopfschmerzen, und blieb zu Hause. Unwillig, aber pflichtbewusst gingen wir trotzdem, Götz, Laila und ich. Während wir im dunklen Saal saßen, eingesunken ins tannengrüne Polster, sah ich sie allein am leeren Küchentisch sitzen, die Haare fielen ihr ungekämmt ins Gesicht, sie trug ihr ärmelloses glänzendes Nachthemd und dicke Wollsocken an den Füßen. Den Kopf hielt sie mit beiden Händen, sie saß leicht vornübergebeugt, die Arme auf der Platte abgestützt. Etwas daran beunruhigte mich, ich begann im Sitz herumzurutschen, der Film zog sich in die Länge, keine Position fühlte sich richtig an.

Pst, machte Laila neben mir, sei still.

Erst da verstand ich, was falsch war: Sie bewegte sich nicht. Ingrid saß einfach nur da, wie bei einem Standbild, einem Foto. Mama, wollte ich ihr zurufen, was ist los, wollte ich wissen, aber wie sollte sie mich hören? Als wir nach Hause kamen, sah ich sofort, dass ihre leichte Jacke fehlte, auch die hohen Schuhe. Auf der Anrichte ein alter Kassenbon: *Bin bei Susanne, kann spät werden, wartet nicht.* Götz schickte uns sofort ins Bett, obwohl es noch nicht Zeit war, es war noch nicht einmal ganz dunkel, aber wir widersprachen ihm keine Sekunde. Es war einfacher, seiner Unruhe aus dem Weg zu gehen. Er trug in der Küche Dinge umher. Er nahm ein Messer und legte es auf die Kommode. Er nahm das Messer von der Kommode und legte es auf die Anrichte, um kurz darauf einen Becher aus der Anrichte zu nehmen, ihn mit Wasser zu befüllen und dann wieder zum Messer zurückzukehren. Im Bett lauschte ich auf ein Zeichen, die Tür. Wird Ingrid wiederkommen?, fragte ich die Zwillinge. Können Mütter einfach verschwinden? Wo sind sie, wenn wir sie nicht sehen können, und mit wem?

Vielleicht gab es diesen einen Tag, an dem wir alle zusammen in meinem alten Kinderzimmer saßen, das jetzt unser Zimmer war, und alles sichtbar kollidierte. Vielleicht saß Malvina am Schreibtisch und kaute am Ende eines Bleistiftes oder bemalte ihre Nägel mit unterschiedlich bunten Filzstiften. Laila im Bett, dem unteren, ein Buch im Schoß, fuhr mit ihrem Finger über die Seiten, ich auf halbem Weg zwischen den beiden am Boden, allein.

Wollen wir nicht was spielen?, fragte ich.

Malvina griff zum türkisfarbenen Filzstift, steckte ihn zwischen die Zähne und zog so mit dem Mund die Kappe ab.

Sie sah mich an, spuckte die Kappe aus: Spielen?

Laila sah kurz von ihrem Buch auf, schnaubte: Wüsste nicht, was.

In der Küche stieg ich auf einen wackligen Stuhl, griff in die Ecke über den Cornflakes, fand, was ich suchte, fischte also die Rolle Frischhaltefolie heraus, lief damit zurück. Im Kopf ging ich schon die Reihe der Zutaten durch, die man laut Magazin für die Anti-Cellulitis-Wunderpackung allesamt auf Vorrat in der heimischen Küche haben sollte. Auf der Schwelle blieb ich stehen. Eine ungeheure Kraft lenkte mich ab, da saßen diese beiden Mädchen, jedes für sich, zufrieden in seiner Einsamkeit. Wo ich wäre, ohne dieses Zimmer, lautete vielleicht eine der Fragen, die ich mir damals immer wieder stellte, wer ich wäre, ohne meine Eltern, und ob sich dann überhaupt noch eine von ihnen für mich interessieren würde.

Du bist ihr doch komplett egal.

Ich sah zu Laila, dann zu Malvina, die gerade ihren Blick hob, meinen traf.

Kannst du jetzt gehen? Ihr Blick fiel auf die Rolle Plastik in meiner Hand, sie blinzelte.

Wollte ich eh gerade, es klang, als würde sie sich damit selbst überraschen. Sie stand abrupt auf, strich sich eine Haarsträhne hinters Ohr. Dabei schmierte sie etwas von der bunten Farbe ihrer Nägel an Stirn und Kinn, damit erinnerte sie mich an eine Kriegerin aus einer Serie, die im Abendprogramm lief und die ich nur einmal geschaut hatte, weil es mir um diese Uhrzeit eigentlich verboten war. So ein Schwachsinn, hatte Götz gesagt und gefragt, weißt du überhaupt, was das ist, eine Amazone, ohne eine Antwort hören zu wollen und auch ohne mir eine zu geben.

Ich erinnere mich nicht an diesen Tag, aber es lag auf der Hand, dass eine zu viel war. Seit Laila zurück war, kam Malvina nur noch ein oder zwei Mal zu uns hoch. Sie stellte selten Fragen und lud mich nie zu sich nach Hause ein. An einem Nachmittag waren wir im Hof verabredet, aber sie tauchte einfach nicht auf. Ziellos streifte ich umher, vom einen Ende des Hofes bis zum anderen und wieder zurück. Vicki rief etwas vom Balkon, aber ich reagierte nicht. Tat, als würde ich etwas Verlorenes suchen.

Dabei dachte ich an Laila, die auf ihrem Bett lag und las. Seit sie aus dem Urlaub zurück war, las sie ununterbrochen. Sie erzählte von den Geschichten, die sie in Istanbul gelesen hatte, als wären sie ihr passiert. Von Istanbul selbst erzählte sie kaum, und ich stellte keine Fragen. Hin und wieder telefonierte sie mit einem Cousin oder einer Tante, seltener mit ihrem Vater. Sie sprach Türkisch mit ihnen, deshalb verstand ich nichts und redete mir ein, es erst gar nicht wissen zu wollen. Nur einmal fragte sie, ob ich ihre Karte denn bekommen hätte. Warum ich sie nicht hätte bekommen sollen, fragte ich zurück. Laila bewegte etwas sehr Kleines zwischen den Händen und sah mich nicht an.

Manchmal geht die Post verloren, sagte sie.

Sie konnte nicht wissen, dass ich die Karte, nachdem ich sie aus dem Müll gefischt hatte, in der obersten Schublade des Schreibtisches aufbewahrte.

Warum ich sie nicht im Müll hatte liegen lassen können, fragte ich mich, während ich über die glatte Oberseite der Blätter der Berberitze strich, eine blaue Beere nahm und versuchte, mich dabei nicht zu verletzen. Unter meinem rechten Fuß verschwand eine ganze Ameisenkolonie. Es tat mir nicht leid. Ich hielt die blaue Frucht zwischen Daumen und Zeigefinger, aber drückte nicht zu. Wir hatten früher nicht gewusst, dass die Beeren giftig waren. Als zehn Minuten verstrichen waren und Malvina immer noch nicht aufgekreuzt war, klingelte ich. Vor der Tür stand ein Fußabtreter, verkleidet als Igel. Ich klingelte nochmals. Als ich versuchte, mir an dem Rücken des Igels die Ameisenleichen abzustreifen, fiel ich beinahe um. Ich hörte Schritte, dann lange nichts, die Tür blieb verschlossen.

Malvina ging jetzt neben Vicki, wenn wir als Traube zum Kiosk liefen, legte ihr vertraulich einen Arm um die Schultern und flüsterte ihr Albernes zu, den Mund so dicht an ihr Gesicht gepresst, als würde diese Geste allein ihr gelten, ihrer Zweisamkeit. Vicki, die fest daran zu glauben schien, mit ihren schiefen, wippenden Zöpfen auf jeder Seite und blassrosa Lipgloss, dem man ansah, wie klebrig er war und wie billig er nach künstlichem Erdbeeraroma schmeckte. Vicki, mit ihrem Babyspeck an den Hüften, der entblößt wurde, wenn sie die Arme hob, in die Hände klatschte und das Top hochrutschte. Die hell auflachte. Und für einen winzigen Moment trotzdem strahlender schien als je zuvor, von Malvinas Präsenz ausgeleuchtet.

Du musst mal rauskommen, Sarah klang in dieser Feststellung entschlossen, obwohl sie mich gar nicht sehen konnte, wie ich hier in einem von Georgs weiten Hemden, meinem Schlafanzug, am Schreibtisch saß, die Waden überkreuzt, und Kopfschmerzen bekam, weil nichts voranging.

Promotion hin oder her, sagte sie am Telefon, wo steckst du eigentlich?

Prinzenbad, wiederholte ich ihren Vorschlag, unsicher, ob sie witzelte.

Ist doch lustig, wie früher, sagte sie, und eine Abkühlung, bei der Hitze kann man nicht gut denken. Sie meinte es offenbar ganz ernst.

Wir waren ewig nicht dort gewesen, das letzte Mal in der Oberschule, und ich fand es eigenartig, dorthin zurückzukehren, betrachtete mich selbst jetzt in dieser Freibad-Landschaft, suchte mich mit dem Finger wie von oben auf einer Landkarte, in einem alten Foto, zwischen Pommes essenden Kindern, denen die fettige Mayo von den Fingern tropfte, mit frisch nachgestellter Zahnspange, was jedes Mal eine Qual gewesen war, und unter den Augen meines pubertären Ich hingen Reste blauer Wimperntusche, zwei traurige Halbmonde. Ich suchte einen Platz auf der Wiese, lag angezogen auf meinem Handtuch, während ich auf Sarah wartete. Manchmal hatten Sarah und ich Händchen gehalten, wenn uns Jungs zu nah auf die Pelle gerückt waren, selten hatte es geholfen. Wir wollten nicht lügen. Wir hatten keinen Freund, aber diese Behauptung war das Einzige, das sie wirklich gelten ließen.

Alles war vertraut – sogar die Umkleidekabine, die erst im letzten Sommer gebaut worden war –, aber ich konnte nichts damit anfangen. Obwohl ich wusste, dass es mir einmal etwas bedeutet hatte. Und dann fiel mir plötzlich der Froschkönig ein, normalerweise sehe ich immer nach, ob er noch da ist, eine merkwürdige Skulptur aus weißem Porzellan, die fast versteckt in den Balken des U-Bahnhofs Prinzenstraße sitzt. Ich sehe was, was ihr nicht seht, hatte Götz damals gesagt, als er sie Laila und mir zum ersten Mal gezeigt hatte, es ist weiß und glänzt und schaut auf uns herab. Wobei er sie uns genau genommen nicht gezeigt hatte. Wir liefen bestimmt eine halbe Stunde schwitzend auf dem Bahnsteig auf und ab, ich hatte schon lange keine Lust mehr, aber Laila hatte der Ehrgeiz gepackt. Laila gab nicht so schnell auf, und manchmal machte mich das rasend.

Das Wasser im Schwimmbecken war angenehm kühl und schimmerte grünlich. Es roch stark nach Chlor, drum herum standen Büsche, die in ein Grünstück schmolzen. Sarah steckte im Stau, ich hatte beschlossen, schon mal eine Runde zu schwimmen, lieber hier in der Masse verloren zu gehen, als drüben auf sie zu warten. Im Becken tummelten sich lauter Körper, ich ekelte mich, und am liebsten wäre ich einfach umgedreht. Aus den Augenwinkeln sah ich eine schmächtige, hochgewachsene Gestalt, noch ein Junge, kein Mann, soweit ich das beurteilen konnte, der die Längsseite des Beckens entlangsprintete. Sein Oberkörper fiel im Laufen zurück, hinter die Beine, wie in einem Comic, und eigentlich hätte er fallen müssen.

Er fiel nicht.

Neben der Leiter saßen drei Mädchen am Rand, ihre Beine und Füße verschwanden im Wasser und wirkten durch die Brechung der Oberfläche seltsam entstellt, verkürzt zu bloßen Klumpen. Daneben trank ein Spatz aus einer Pfütze. Ich stieg hinab, Schwerelosigkeit umfing mich. Ein Blatt trieb mir entgegen, klebte sich zwischen Zeige- und Mittelfinger, ich drückte mich vom Beckenrand ab, spürte den Widerstand an meiner Brust, zum ersten Mal seit Tagen fühlte ich mich richtig wach. Der Junge tänzelte um die Mädchen herum, rief ihnen etwas zu, aber sie ignorierten ihn. Chlorwasser lief mir in die Nase, drang tief in den Rachen, ich schluckte schnell, es brannte.

Ist der hässlich, rief jemand.

Im Auftauchen sah ich zurück, gegen das Licht, auch die Augen brannten, meine rechte Kontaktlinse war verrutscht. Genau in dem Moment schubste der Junge eins der Mädchen von hinten. Es atmete überrascht aus, als es mit dem Oberkörper, seinem ganzen Gewicht, auf die Oberfläche prallte. Köpfe schnellten zur Seite, es klatschte, Wasser spritzte. Ich wurde davon getroffen. Der Junge machte blitzschnell eine Arschbombe, tauchte dem Mädchen hinterher.

Wer war das? Entrüstete Blicke. Kein Bademeister in Sicht. Schon fielen alle in ihre Routine zurück, zogen ruhig Bahnen. Selbst der Spatz trank und trank, gierig und gleichgültig.

Junge, bist du krank, rief eins der Mädchen vom Beckenrand aus und lachte dabei hell und irgendwie panisch. Wo war das Mädchen, das er schubst hatte? War sie weggetaucht? Hatte sie sich beim Aufprall verletzt? Unter Wasser verstummten die Fragen auf einen Schlag, mir kamen ausgeschnittene Körperteile entgegen. Ein Unterschenkel, dann noch einer. Gespreizte Beine wie bei einem Frosch. Hand. Finger, Finger. Kopf. Manche Körper waren rasend schnell. Andere schienen auf der Stelle zu schweben. Ich versuchte die Atmung mit den Bewegungen zu synchronisieren, die automatisiert abliefen. Sobald ich anfing darüber nachzudenken, gerieten sie ins Stocken, dann wurde mir die Bodenlosigkeit bewusst. Wie viele Füße, wie viele Hände, wie viele kleine Herzen schlugen hier, in diesem Becken, genau jetzt um die Wette?

Etwas ging auf, vielleicht war es der Himmel selbst, und etwas Licht fiel ins Zimmer. Am Ende war es Frühling geworden, ich hörte den Vögeln zu, die draußen in der Linde ihr Nest gebaut hatten. Ein gewöhnlicher Samstagmorgen, es gab nichts zu befürchten, und trotzdem rumorte mein Bauch. Es war bestimmt nach elf Uhr. Ich spähte in Lailas Bett unter mir, das leer war, roch den frisch gebrühten Kaffee. Ingrid hatte Eier gebraten. Gedämpfte Stimmen zogen über den Flur. Im Bad brauchte ich lange, um mich von den Träumen zu befreien, an deren Inhalt ich mich zwar nicht erinnern konnte, die aber dennoch etwas Starres in meinem Körper zurückgelassen hatten. Ich spülte mir den Schlaf aus dem Gesicht, schlich dann barfuß zur Küche und blieb vor dem geöffneten Türspalt stehen. Jemand lachte froh, es war Ingrid. Ihre rotblonden feinen Haare waren oben am Hinterkopf platt gelegen. Ihr gegenüber saß Götz, nur in Shorts und T-Shirt, und schnitt gut gelaunt Apfelschnitze, verteilte sie gleichmäßig auf die Frühstücksbrettchen; eins, zwei, drei, eins, zwei, drei, schließlich sollten alle gesund bleiben. Es war seine besondere Art, Fürsorge auszudrücken. Am Kopfende des Tisches saß Laila, steckte sich vergnügt ein Stück in den Mund und erzählte lachend von ihrer Mathelehrerin. Wie lange es wohl dauern würde, bis sie mich hier entdeckten. Sicher würde gleich jemand aufstehen, nach mir sehen, rufen. Ich trat von einem Bein aufs andere, begann zu zählen. Eins, zwei, drei. Während mein Vater jetzt die Apfelsinenstücke gerecht verteilte. Eins, zwei, drei. Wo war das vierte Brett? Vier, fünf, sechs. Während ich zählte, wurde ich immer ruhiger. Niemand rief meinen Namen, selbstvergessen, mindestens zehn Minuten stand ich so, bis ich niesen musste. Wieso sahen sie mich auf diese Weise an?

Wo bleibst du denn, du Schlafmütze, sagte Ingrid, wir haben auf dich gewartet. Sie strich sich mit den Fingern durch die verknoteten Haare. Götz guckte erwartungsvoll. Die Lüge war riesenhaft und unverzeihlich. Ich schmiss die Küchentür zu, es knallte heftig, und stampfte vor Anspannung zitternd zurück in unser Zimmer. Von innen drehte ich den Schlüssel im Schloss. Dann legte ich mich ins Bett und schloss die Augen.

Linn, hörte ich ihr Rufen keine zwei Minuten später durch die geschlossene Tür. Ausgerechnet Laila sollte mich also zurückholen, besänftigen. Ich fror, die Wut machte mich steif wie ein Brett.

Was ist denn los, Linn?

Verpiss dich, schrie ich. Es tat gut, zu schreien, auch wenn mein Hals dabei kratzte und ich mir lächerlich vorkam. Sie schwieg auf der anderen Seite. Ich hatte kein Recht, wütend zu sein. Mit dem Daumennagel ritzte ich Linien in die Raufasertapete.

Noch mal: Ich hatte kein Recht, wütend zu sein.
Ich war hier.
Ich dachte: Du blöde Fotze.

Fotze? Ja, genau. Einmal verlangsamte ein Auto, als Laila und ich nebeneinander die Kurfürstenstraße entlangliefen, es war mitten am Tag. Vielleicht war es warm. Vielleicht trugen wir deshalb kurze Shorts oder Röcke. Wir waren zehn, und wir sahen aus wie zehn, auch wenn wir gerne älter ausgesehen hätten. Es fuhr im Schritttempo neben uns, die Scheibe nur einen Spaltbreit heruntergelassen.

Mädchen, pst, Mädchen.

Ich dachte erst, das Zischen war an die Frauen addressiert, die vor den dunkelbraun getönten Scheiben der Commerzbank Spalier standen, sie standen eine Reihe hinter uns, manche auch zwischen den parkenden Autos, aufgereiht wie an einer Perlenschnur. In engen elastischen Röcken und netzartigen Oberteilen, mit hochhackigen Schuhen, viel bunter Schminke im Gesicht. Sie waren nur wenige Jahre älter und sahen verkleidet aus. Wie Mädchen, die sich aus dem Kleiderschrank der Mutter bedient hatten. Sie ignorierten uns, warfen sich gegenseitig Worte zu, lachten darüber mit obszön weit aufgerissenen Mündern. Auf mich wirkten sie, als würden sie keine Angst kennen. Und wenn wir doch mal zu ihnen hinüberspähten, verscheuchten sie uns mit ihren Blicken, als wären wir ihnen lästig.

Wir ignorierten das Auto, trotteten weiter die Potsdamer hinauf, wie wir es immer taten. Beharrlich verfolgte es unseren Weg. An der Ecke wurden die Fenster des Wagens weiter heruntergelassen. Der Fahrer trug eine Piloten-Sonnenbrille und hatte ein dickes, fast kindliches Gesicht mit aufgeworfenen Lippen. Seine Haare lichteten sich am Ansatz. Er grinste uns zu, mit diesen kleinen spitzen Zähnen, dabei schwieg er.

Wir lassen uns nicht ficken.

Ich sagte es sehr leise. Vielleicht sagte ich es auch gar nicht, sondern dachte es nur.

Ihr Fotzen, rief der Mann aus dem Wagen, seine Stimme vermischte sich mit dem Straßenlärm, dem geschäftigen Treiben des Alltags hinter uns. Niemand nahm Notiz. Ein Obstverkäufer pries dunkle, süße Trauben an. Bevor die Reifen quietschten, schickte der Fahrer seinen Worten ein Lachen hinterher, viel zu hoch, um uns wirklich Angst damit einzujagen, aber hässlich zersetzt von der Gewissheit, uns überlegen zu sein. Wir blieben stehen. Was hätten wir sonst tun können? Dann beschleunigte der Wagen und verschwand in einer der schmalen Seitenstraßen.

Dass ich die Shorts oder den Rock in die hinterste Ecke meines Kleiderschranks verbannte, erinnere ich mich. Bis ich kapierte, dass es egal war. Niemand hielt uns für Prostituierte, natürlich nicht, und genau deshalb machte es ihnen solchen Spaß, zu pfeifen, auf alle erdenklichen Arten mit der Zunge zu schnalzen, uns hinterherzurufen, ob unsere Hintern für ihren Geschmack zu breit oder zu flach waren, ohne dass wir je danach gefragt hätten. Und obwohl wir wussten, dass ein Unrecht geschah, blieben wir stumm. Die Wut war nur ein leises Pfeifen im Hintergrund, als hätte jemand einen Ballon angestochen, aus dem langsam und unbemerkt die Luft entweicht.

Was das eigentlich ist, eine Fotze, fragte ich Laila später, als wir zu Hause waren.
Na, es ist das, wo man was reinsteckt.
Sie schien sich ihrer Sache sehr sicher, deshalb fragte ich nicht weiter, auch wenn ich keine Ahnung hatte, wie sie das genau meinte.

Ein sauber herausgekratztes Dreieck. Ich betrachtete mein Werk. Unter dem Daumennagel hatten sich Farb- und

Tapetenkrümel gesammelt, drückten in die Haut. Unter dem Nagel zeichnete sich eine rötliche Linie ab, die erleichternd schmerzte. Es schabte an der Tür, als würde jemand daran mit dem Rücken hinauf- oder hinabgleiten. Endlich, Bewegung. Ich erwartete Schritte, die sich entfernten. Ihr musste das Warten lang werden. Nichts geschah. Dann klackte etwas im Schloss, und die Tür schnappte auf. Das Doppelbett schaukelte drauflos, die Sprossen knarzten. Ich fühlte mich seekrank, trat danach, einem Schatten am oberen Ende der Leiter, ohne genau hinzusehen. Fixierte stattdessen weiter das Dreieck. Diesen hellgrauen sauber freigelegten Putz. Sie legte sich auf mich drauf, auf die Decke, mit ihrem ganzen Gewicht und einer für sie ungewöhnlichen Vehemenz, blieb einfach so liegen, während ich unter ihr strampelte und heftig zu atmen begann, umschloss mich mit beiden Armen, ohne einen Ton von sich zu geben. Endlich konnte ich mich befreien, schlug auf das ein, was ich erreichen konnte, einen Arm, eine Hand, Rücken, obwohl ich ihr eigentlich mitten ins Gesicht hätte schlagen wollen. Meine Nägel rammte ich in frei liegende Haut, vielleicht den Nacken. Laila blieb ruhig, wiederholte einfach meinen Namen, so lange, bis ich mich erschöpft hatte. Am Ende hatte sie mich besiegt, ohne etwas unternommen zu haben, einfach durch ihr Gewicht, ihre Präsenz. Sie war die Stärkere von uns beiden, das wusste ich jetzt, wir beide, und obwohl ich es hasste, nahm sie mich wieder in den Arm, sehr fest, und es tat gut, umarmt zu werden. Zu gut, um mich weiter dagegen zu wehren.

Ich hievte mich aus dem Becken, mein Oberarm schmerzte, jemand hatte mich versehentlich mit dem Fuß erwischt. Ob es unausweichlich ist, dass man sich gegenseitig etwas wegnimmt, wenn man so nah beieinander ist. Platz, Luft oder die Sicht, bloß, weil man da ist.

Weil man zu viele ist an diesem Ort.

Oder weil man gewohnt war, vorher allein zu sein.

Wie viele schlagende Herzen. Mir kam ein Typ entgegen, seine Brust war weiß und glatt wie bei einem Fisch. Sein Blick hielt mich fest, vom Imbiss wehte der Geruch nach ranzigem Fett herüber. Ich lief schneller, als mir lieb war, aber mit festen Schritten.

Man darf sich nichts anmerken lassen. Tun als ob, wie früher, immer noch, wann hört das eigentlich auf. Schritt für Schritt.

Ich habe nie herausgefunden, wie Laila das gemacht hat.

Dass ich die Tür nicht ordentlich abgeschlossen hatte, mutmaßte Zwilling eins. Dass Götz ihr dabei half, warf Zwilling zwei ein, oder, und hier wurde er ganz leise, ob sie selbst etwas wusste, das ich ihr nicht zugetraut hätte: wie man eine verschlossene Tür öffnet.

Am Ende vergaß ich, Laila danach zu fragen. Heute erscheinen mir diese Details wichtig, Stücke eines kostbaren Mosaiks, die für immer verloren sind, unter anderen, gewöhnlichen Kieseln begraben. Ich kann nur Mutmaßungen anstellen.

Der Blick folgte mir, ich konnte ihn spüren. Wie er meinen Körper vermaß, die Länge der Beine, meinen Po, die Falte im Übergang. Brüste unter schwarzem elastischen Stoff, sie fühlten sich immer noch neu an, empfindlich und schwer, dann meinen Rücken, den Nacken. Aus der Nase lief mir in kurzen Abständen Wasser, das rechte Ohr war verschlossen.

Ich blieb stehen, drehte den Kopf, schaute zurück, in sein fettes sonnengebräuntes Gesicht, und schon wandte er sich ab. Nur für einen Moment. Es hatte lange gedauert, bis ich verstanden hatte, dass es nie allein ums Schauen ging, sondern um eine spezifische Macht, den eigenen Blick als Überlegenheit zu spüren.

Mir war plötzlich kalt geworden, ich kreuzte die Arme vor der Brust.

Die Wiese war ein Tummeln, ich tastete sie nach Ankerpunkten ab. Ein knorriger Baum, und noch einer, zu viele. Dort ein überfüllter Müllkübel, die roten und gelben Stangen des Klettergerüsts. Kurz glaubte ich, es wäre unmöglich, zurückzufinden, stemmte die Hände in die Hüften, und so ging es besser. Es musste gegen Mittag gehen, die Sonne war gewandert, schließlich fand ich mein Handtuch, daneben eine in sich zusammengefallene Sarah, in ein buntes Magazin vertieft, eingefasst von Schatten.

Dass du diesen Mist immer noch liest ... ts, ich grinste.

Da bist du ja, sagte Sarah, sah mich aber an, als hätte sie gar nicht mit mir gerechnet. Sie schob sich die Sonnenbrille ins Haar, hob sich langsam aus dem Schatten. Wir umarmten uns, dabei wölbte sich mein Bauch in sie hinein, ihren nackten, warmen Körper. Mann, sagte sie, schon so dick, und lachte. Das Kind zappelte. Ich nahm mein Handtuch, obwohl ich auf den paar Metern schon wieder fast getrocknet war, und roch dabei das Chlor auf meiner Haut. Durch den Eingang, über die gepflasterten Wege am Rand der funkelnden Becken, die ausgetrocknete Wiese, tropften unablässig immer neue Freizeitmenschen, Gruppen von Schülern, Familien.

Wir suchten uns einen neuen Platz, mit etwas Sonne, fanden ihn unweit der Mülleimer. Über unseren Köpfen schwangen wirre Äste.

Es sind Ferien, sagte ich, deshalb ist es so voll.

Ich find es herrlich, erwiderte Sarah und legte sich flach auf den Bauch, das Gesicht in den Armen vergraben.

Vor uns im Gras steckte ein Teller aus Styropor, auf dem sich Mayonnaise mit Asche zu einer grauen öligen Masse vermengt hatte. Vom Rand tropfte Ketchup ins Gras, und der Müll machte sich säuerlich bemerkbar. Ich griff nach dem Teller, komme gleich wieder, und trug ihn zum Müll. Weiter oben, am Rand, war ein kreisrunder schwärzlicher Fleck, wo jemand seine Kippe ausgedrückt hatte. An einer Stelle war das Material geschmolzen, dort öffnete sich ein winziges Loch, durch das man hindurchsehen konnte.

Ich versuchte mir vorzustellen, wie Lailas Arm heute aussah, wenn sie gebräunt war, ob man die Narbe sah und ob sie an Tagen wie diesen versuchte, sie unter langen Ärmeln zu verstecken.

IM FENSTER

Hallo.
Hallo?
Siehst du uns?
Kannst du uns hier, in diesem Licht, gut sehen?
Oder so, halt mal, besser jetzt?
Kannst du das hier erkennen?
Was machen wir?
Findest du uns albern?
Wer bist du?
Findest du uns schön?
Welche von uns findest du schöner, sag mal, welche?
Wer sind deine Eltern?
Hast du überhaupt Eltern?
Und einen Freund?
Eine Freundin?
Gehst du gern zu McDonald's?
Kennst du das Wort bumsen?
Was ist das da im Hintergrund, dein Regal?
Bist du allein?
Ist das etwa ein Vogel?
Warum sitzt du da rum?
Fühlst du dich einsam?
Bist du böse?
Woher willst du das wissen?
Wie alt bist du?
Hast du schon mit Zunge geküsst?
Warum versteckst du dich?
Bist du vielleicht ein Perverser?

Und wer bist du dann?
Warum siehst du uns zu?
Wieso antwortest du uns nicht?

Im Mai entdeckten wir das Fenster, und Laila war nicht die, für die ich sie gehalten hatte. Das Haus auf der gegenüberliegenden Straßenseite ähnelte unserem in allem, nur war seine Fassade in Altrosa gestrichen worden, das sich im Laufe der Jahre verwaschen hatte wie unser Gelb.

Ich sehe es jetzt wieder ganz deutlich vor mir, auch die Bewegungen des Vorhangs im Fenster auf unserer Höhe, nicht mal zwanzig Meter Luftlinie. Es dauerte allerdings, bis ich das Fernrohr identifizierte: da, genau da.

Es suchte unsere Fassade ab, ruhte auf einem bestimmten Punkt, den ich nicht sah, weil ich ihn von hier nicht sehen konnte, machte sich dann abermals los, wanderte weiter.

Sieh mal, sagte ich.

Laila rutschte träge von ihrem Bett, wo sie sich die Nägel frisch lackierte, hielt die bereits angemalte Hand mit abgespreizten Fingern weit von sich. Der beißende Gestank nach Azeton stand in unserem Zimmer, zwischen Zeige- und Mittelfinger hatte Laila ein Wattepad geklemmt, über das eine hellrote Spur lief.

Was?, fragte sie, nicht genervt, nicht sonderlich interessiert, was ist da.

Ich zeigte auf das Fenster.

Und, was soll da sein?

Sie kam näher, schnippte das Pad in den Mülleimer.

Am Ende richtete sich das Fernrohr auf unser Fenster, es zielte auf unsere Körper wie die Mündung eines Revolvers. Nichts knallte, nichts ging in die Luft, und trotzdem standen wir andächtig, ja still. Schulter an Schulter. Laila ging mit dem Mund so nah an die Scheibe, dass ihr Atem darauf als Nebel sichtbar wurde. Sie formte ein Wort mit dem Mund, langsam und überbetont: H A L L O. Dann winkten wir, stellten all diese Fragen, immer im Wechsel, auf die es keine Antwort gab, keine geben konnte, natürlich, das denke ich heute, nur dieses sachte Schwingen des Vorhangs. Laila sprang aufgeregt umher, ich sah ihr zu, lachte. Sie stieß mit dem nackten Fuß das Fläschchen mit dem Nagellackentferner um, offenbar war der Deckel nicht komplett verschlossen gewesen, Mist, rief sie, turnte dabei weiter. Ihre Hüfte, ich sprang hinterher, versuchte sie dort zu erwischen, meine Arme um sie zu legen. Als ich sie beinahe erreicht hatte, stieß sie einen spitzen Schrei aus.

Lass mich, du Spanner, igitt. Binnen weniger Sekunden hatte sich die hellblau durchscheinende Flüssigkeit als ein melonengroßer dunkler Fleck in den Teppich hineingefressen. Behutsam stellte ich die Plastikflasche auf, aber sie war fast leer. Ich hatte das eindeutige Gefühl, von den Dämpfen der Lösungsmittel high zu werden. Obwohl ich noch nie high gewesen war, war ich ziemlich sicher, dass es sich genau so anfühlen musste. Wir hängten unsere Nasen tief über die dunkelgraue Pfütze und atmeten ein, es stach gewaltig in der Lunge, schmeckte süß und scharf. Mir wurde schwindelig, trotzdem oder vielleicht gerade deshalb bekam ich Lust zu tanzen, schwankte rüber zur Anlage und drückte auf Play. Es ertönten die ersten Beats von »Thriller«, und Laila stieß vor Begeisterung einen überraschend hohen Ton aus, sie schmiss sich komplett auf den Boden, rollte auf dem Rücken hin und her. Wie ein Hund. Eine Irre, dachte ich, aber ich fand das nicht schlimm, schloss die Augen, was den Schwindel noch verstärkte, und begann meine Hüften zu bewegen, rechts, links. Ließ sie kreisen, so, wie ich zuvor nicht gewusst hätte, dass es möglich war, dass ausgerechnet ich dazu imstande war, aber es war ganz einfach. Meine nackten Füße, wie sie abhoben und wieder landeten, kreisten, eine Rundung beschrieben.

Wo hast du das gelernt?

Ich hob den Blick, traf Lailas Bewunderung, spähte zum gegenüberliegenden Fenster, wandte mich ab. Sie musste es gesehen haben, denn sie stand nun auf, legte von hinten ihre Arme um meinen Bauch. Rutschte mit den Händen abwärts. Wiegte meine Hüfte. Schweiß, mein Schweiß und Lailas, unser. Linn und Laila. Erst jetzt fiel mir auf, wie sehr ich das vermisst hatte, unsere Einheit, zwei noch junge ineinander verwachsene Bäume, die sich gegenseitig stützen. Fällt der eine, stürzt auch der andere. Ich wollte etwas sagen, öffnete den Mund, schloss ihn wieder. Wir tanzten zusammen, bis die CD durchgelaufen war und das Gerät ein schnurrendes Geräusch von sich gab, es draußen dunkel geworden war und wir uns selbst in der Scheibe betrachten konnten. Laila ging nah heran, aber wir sahen nur mehr uns selbst. Zwei erschöpfte schöne Mädchen. Tatsächlich, erinnere ich mich, fühlte ich mich in diesem Moment schön.

Verschwunden, stellte Laila ernüchtert fest. Sie legte ihre Hand an den Griff aus Plastik und riss das Fenster ganz auf, Hallo, das schrie sie jetzt, die Fassade warf ihren verzweifelten Ruf zurück. Halt's Maul, bellte jemand von unten, von der Straße hoch, nicht mehr als eine Ahnung, ein beweglicher kreisrunder Fleck. Im Kopf pochte es dumpf, mein Herzschlag verlangsamte, wie ein ausklingendes Lied.

Du Arschloch, ich legte meine Hand an Lailas klebrigen Nacken, strich mir mit der anderen feine Haare aus der Stirn. Die Klarheit der Luft überraschte mich, genauso die Tatsache, atmen zu können, ein- und aus-, wie einfach das war, automatisiert.

Am nächsten Tag stellten wir uns zur selben Zeit ans Fenster. Wir warteten – ich spürte meinen Puls wie winzige Schläge durch den Körper fließen – auf ein Zeichen, eine Reaktion. Dass uns jemand zusah, uns beobachtete, war eine Sensation. Es veränderte die Art, wie wir uns bewegten, mit dem Fuß lässig die Tür aufstießen, am Schreibtisch saßen, am Ende eines Stiftes kauten. Auf einmal sah ich mich, Laila, uns mit anderen Augen. Wie wir uns vor dem Spiegel stehend die Haare bürsteten, Laila sich vor dem Schlafengehen einen Zopf im Nacken band. Wie wir aufräumten. In der Mitte des Raumes auf dem Bauch lagen, eine Zeitschrift vor uns aufgeschlagen, während das Kaninchen darüber hinwegsprang. Wie wir nichts taten. Die Augen, stellte ich mir vor, waren immer da, lagen auf uns: begierig, tastend, suchend.

An einem Nachmittag im April führte mich Laila nach Charlottenburg, in eine Gegend, die mir damals mit ihren Boutiquen und Einkaufsmenschen, den breiten Bürgersteigen und gepflegten Plätzen wie eine gänzlich andere Stadt vorkam. Hin und wieder half Laila im Geschäft ihrer Mutter aus, in den Ferien oder wenn ein Mitarbeiter durch Krankheit ausfiel. Für sie war es nichts Besonderes, weder lästig noch reizvoll, eine einfache Pflicht, die es zu erledigen galt und die sie nicht weiter infrage stellte. Alles sehnte sich nach draußen an diesem Tag, zum Licht. Die Menschen saßen in Trauben auf den Bürgersteigen vor den Cafés am Savignyplatz, in dieser unverschämten Helligkeit, und tranken aus großen dicken Gläsern Apfelsaftschorle und Bitter Lemon, drehten ihre blassen Gesichter zur Sonne, falteten die Hände im Schoß, während ich Laila folgte, versuchte, mit ihr Schritt zu halten. Ob ich sie begleiten dürfe, hatte ich gefragt und mir nichts dabei gedacht.

Jetzt warte doch mal.

Laila lief so schnell, ich schwitzte unter den Achseln.

Ich will nicht zu spät kommen, sagte sie, und ich:

Du rennst wie eine Verrückte!

Im Verkaufsraum roch es süßlich. Im ersten Moment führte ich das auf die Lilie zurück, die in einer hohen Vase aus Glas auf dem Tresen stand, dort alles überragte. Bei näherem Hinsehen allerdings entdeckte ich ihre Künstlichkeit. Da war eine verräterische Naht an der Stelle, an der man die zwei Teile des Stiels zusammengepresst hatte.

Hinter dem Tresen waren eine Ledercouch und zwei Sessel zu einer Sitzecke gruppiert, auf einem gläsernen Beistelltisch lagen ordentlich drapierte Magazine und Kataloge, sie kamen mir bekannt vor. Dort standen auch ein halb geleerter Kaffee und ein leeres Sektglas mit Lippenstiftspuren. Beides nahm Laila wie selbstverständlich auf, ohne dass man sie hätte bitten müssen. Im Toilettenraum spülte sie die dunkelbraune Brühe aus der Tasse, wischte mit einem rosa Schwamm nach, der unter dem Waschbecken klemmte. Auf dem Porzellanrand blieben kleine schwarze Krümel kleben.

Die Kunden, erklärte sie, während sie die Überreste fortspülte, bekommen einen Kaffee oder Saft, wenn sie das wollen, manche auch Sekt, für viele ist das ein großes Ding, weißt du.

Was?

Heiraten.

Ist es das nicht? Ich war überrascht.

Es ist Blödsinn. Sie drehte wütend den Hahn zu, fragte: willst du jetzt was trinken?

Ich nickte. Laila goss großzügig O-Saft in ein langstieliges Glas, bis kurz unter den Rand, reichte es mir.

Setz dich da hin, sagte sie bestimmt und zeigte auf die Couch. Bevor ich hinüberging, trank ich einen Schluck ab, um nichts zu verschütten.

Willst du denn gar nichts?

Ich komme gleich wieder. Schon war sie im Lager verschwunden. Auf einmal hatte sie eine andere Haltung angenommen. In der Art, wie sie sprach, sich bewegte, lag eine Professionalität, die ich an ihr nicht kannte, wie ein neues Kleidungsstück, eine Frisur, die sie viel erwachsener aussehen ließ, als sie war. Oder lag es an dem Laden, dieser geschäftsmäßigen Umgebung, in der ich sie noch nie gesehen hatte? Ich nahm noch einen Schluck, die Säure prickelte auf der Zunge. Ich versuchte das Fruchtfleisch durch die Zwischenräume meiner Vorderzähne zu saugen.

Als Laila zurückkehrte, trug sie einen Stapel Pakete, darin verschiedene Arten von Brautschleiern, sorgfältig in zartrosa Seidenpapier eingeschlagen, die sie nun in die Hand nahm, prüfte, dann wieder verpackte und mit einer Maschine, die Ähnlichkeit mit einer Pistole hatte, etikettierte.
30 Prozent, sagte sie, ist im Angebot.
Soll ich dir helfen?
Das ist ein richtig gutes Angebot, sagte sie, als wäre ich ihre Kundin, die sie zu überzeugen versuchte.
Ich nickte, ja, bestimmt. Stellte den Saft ab und kroch zu ihr über den schroffen Teppich, wo sie vor ihrem Turm aus Arbeit saß.
Was kann ich tun, wiederholte ich mein Angebot, aber es war eher eine Bitte.
Sie schob mir einen der Hochglanzkataloge hinüber, in dem ich die Warennummern prüfen sollte.
Hier, ein Stift.
Ich fürchtete, etwas falsch zu machen, aber stellte keine Frage. Wir arbeiteten still, Schulter an Schulter, in dieser Eintracht, und als ich aufsah, hatte Laila mir ihr Gesicht aufmerksam zugewandt, sie hatte mich wohl beobachtet, und ihre Augen schienen zu lächeln. Die Frühjahrssonne war gewandert, fiel jetzt schräg in den Laden, und um keinen Preis der Welt hätte ich draußen oder sonst wo sein wollen, irgendwo anders als hier mit ihr. Durch die Luft schwebten Staubkörnchen, wie winzige Astronauten, stellte ich mir vor, unzählbar viele davon. Götz hatte

mir erklärt, dass Staub auch aus Teilen von Menschen bestand, winzigen Partikeln von Haaren und Hautschuppen, die sich im Laufe der Zeit von ihnen lösten und umherschwebten, bis sie sich zu etwas Neuem zusammenfanden. Damals hatte es mich geekelt, das will ich gar nicht wissen, hatte ich gesagt, dabei ein bisschen übertrieben, aber hier beruhigte mich diese Vorstellung als etwas zutiefst Friedliches. Körper lösten sich langsam auf, aber sie verschwanden nicht – niemand verschwindet einfach so, nicht wirklich –, sondern verteilten sich auf die Räume, die sie durchquert und bewohnt hatten.

Pause?, fragte Laila und hob das Kinn von der Brust.

Ich wischte mir die Hände an der Jeans ab, obwohl ich nichts Schmutziges angefasst hatte. Die Haut an meinen Fingern war trocken und spannte. Laila stand auf, ging in den Lagerraum und kam mit einem Karton O-Saft zurück. Mein Glas stand immer noch auf dem Beistelltisch, oben auf dem Stapel Kataloge. Sie nahm es von dort herunter, füllte es auf. Sich selbst goss sie einen Schluck aus der Verpackung direkt in den Mund, ohne die Öffnung zu berühren, als stünde ihr ein eigenes Glas nicht zu. Dann ging sie zurück ins Lager, holte eine riesige Kiste aus brauner Pappe, die offensichtlich schwer war. Beim Abstellen neben der Theke blies sie hörbar Luft durch die aufeinandergepressten Lippen. Unterhalb der Kasse war ein Fach, in das sie die Packungen sortierte, eine nach der anderen. Ihre Ohrspitzen waren gerötet, von der Arbeit, der gestauten Wärme, die jetzt ihren Körper flutete. Ihre Hände arbeiteten geschickt. Sie riefen mir ins Bewusstsein, dass Laila diese Vorgänge schon tausendmal ausgeführt haben musste. Ihr Körper kannte diese Art der Bewegung. Nur, dass ich sie nie dabei gesehen hatte. Mir kam in den Sinn, dass ich es gewesen war, die immer gewonnen hatte, wenn wir früher *Ich sehe was, was du nicht siehst* gespielt hatten. Plötzlich fragte ich mich, ob Laila mich manchmal absichtlich hatte gewinnen lassen, nur, damit ich dieses Gefühl empfand, ihr auch einmal voraus zu sein, als eine Art Geschenk. Schnell ging ich zurück an die Arbeit, gab mir Mühe, besser und gewissenhafter zu prüfen als zuvor. Wenn ich nicht fertig würde, wäre es Laila, die mein Versäumnis aufholen müsste.

Und auf einmal stand sie da, mitten im Verkaufsraum. Ihr schmales Gesicht war fleckig und voller Überraschung, als sie mich dort auf dem Boden knien sah.

Linn, was machst du denn hier?

Lailas Mutter stieg über die gestapelten Kartons mit den Brautschleiern hinweg, ihre Füße steckten in schwarzen, hohen Boots, die zu schwer für ihre Beine aussahen, um dann abwesend nach Laila zu rufen, in eine unbestimmte Richtung.

Die ist im Lager, sagte ich schnell, sie kommt gleich wieder.

Ach so, sie sah mich an, so als würde sie mich erst jetzt richtig sehen. Sie schwankte ein wenig, die Hand an die Stirn gepresst, und schien sich zu sammeln, es dauerte, bis sie sich aus diesen vielen Einzelteilen wieder zusammengesetzt hatte. Eine Sekunde verging, vielleicht auch eine Minute.

Entschuldige, Linn, ich bin erschöpft.

Sie kam zu mir und umarmte mich. Dabei lächelte sie aufmunternd. Als sie die Arme hob, roch ich das Leder ihrer Jacke und noch etwas, das sauer war.

Als Laila aus dem Lager zurückkam, blieb sie kurz stehen, entschied dann aber, sie zu ignorieren, drehte eine kunstvolle Runde, um ihr nicht in die Arme laufen zu müssen.

Laila, Schatz.

Ich dachte, du ruhst dich heute aus. Laila lief ins Bad, füllte ein Glas mit Leitungswasser und reichte es ihrer Mutter, die immer noch dort stand, wo sie eben innegehalten hatte.

Erst jetzt bückte sie sich, nahm einen der Schleier auf, rieb ihn zwischen den Fingern. Was ist das hier?

Sie schlug einen anderen Ton an, streng und bestimmt. Als würde sie damit zurück in ihre Rolle schlüpfen. Sich das Elternhemd überwerfen.

Was?, auch Lailas Stimme klang gereizt.

Hier ist ein Fleck, hast du den Fleck nicht gesehen, ihre Mutter wendete das Stück Stoff in der Hand, hielt es gegen das Licht, rieb das Material raschelnd aneinander. Er war kaum zu erkennen, nur einen Daumennagel groß.

Laila schnaubte verächtlich.

Ich war das, sagte ich schnell, ohne nachzudenken, tut mir leid.

Beide sahen mich ungläubig an, überrascht, dass da noch jemand war und zusah und sich jetzt einmischte. Ihre Augen hatten dieselbe Farbe, das war mir nie aufgefallen. In diesem Licht leuchtete sie wie Bernstein. Sie sahen sich so verdammt ähnlich, wie sie dort standen und die Stärke der anderen vermaßen. Einen Graben zogen. Nur konnten sie es selbst nicht sehen. Laila hatte sich ihren dunklen Pony links zur Seite gestrichen. In den Ohren trug sie ihre großen goldenen Ringe. Früher hatte sie nur Stecker gehabt, glitzernde blaue und rote Steinchen. Ich hatte gar keine Ohrlöcher, immer noch nicht, weil Ingrid dagegen gewesen war.

Entschuldigung, wiederholte ich, nur um meine Schuld

zu unterstreichen. Laila wandte ihr Gesicht ab, ihr Blick rutschte zum Boden, wanderte zur gegenüberliegenden Wand.

Schon gut, sagte ihre Mutter, ihr wolltet ja nur helfen, und jetzt raus mit euch, ihr solltet Sonne tanken wie alle anderen. Sie nahm einen Schluck, kramte dann in ihrer Jackentasche und gab uns einen Zwanziger, viel zu viel für Eis oder Limonade, als Dank. Dann umarmte sie uns. Jede einzeln, aber nur kurz. Wir standen schon draußen auf dem Bürgersteig, als sie noch mal mit der offenen Hand versuchte, Laila zärtlich über den Kopf zu streicheln.

Mein Schatz, meine Große, sagte sie und wollte sie an sich drücken, aber Laila wich fast erschrocken zur Seite aus, tauchte unter ihrem Arm weg. Ich tat, als hätte ich nichts bemerkt, und schlug vor, dass wir uns in eines der Cafés setzen könnten. Wir nahmen in einem Restaurant zwischen den S-Bahn-Bogen Platz, wo sie an die Glasränder dünne Scheibchen Zitrone oder Orange steckten. Fast alle Tische waren besetzt, und es dauerte viel zu lang, bis jemand kam, um unsere Bestellung aufzunehmen, aber das machte nichts. Ich fühlte mich müde und erwachsen. Langsam kam die Dunkelheit und senkte sich als das beruhigende Gefühl der Gleichgültigkeit über unsere vom Tag erschöpften Gedanken. Die Kellnerin hatte dunkle kurze Locken, die ihr weich in die Stirn fielen.

Für euch, Ladys, sagte sie und zwinkerte, als wäre sie eine von uns. Sie musste Mitte zwanzig sein. Sie trug keine Strumpfhose unter ihrem kurzen Kleid, das aus schwarzem Samt war. Jetzt, am Abend, wurde es ziemlich kühl. Wie zufällig streifte sie meinen Unterarm, als sie das Glas Sprite vor mir abstellte. Ihre Armreifen klirrten wie die von Susanne, wenn sie rauchte.

Laila sah ihr nach, mit einer Mischung aus Achtung und Abscheu.

Sie sieht aus wie Melek, sagte sie und kräuselte ihre Nase, als müsste ich wissen, von wem sie sprach, aber ich hatte den Namen noch nie gehört.

Melek, wiederholte ich in der Hoffnung, sie würde mich gleich aufklären.

Laila biss auf das Fleisch der Zitrone und verzog augenblicklich das Gesicht zu einer Grimasse. Vielleicht verzog sie auch erst das Gesicht, in Erwartung der überwältigenden Säure, denn das war schlimmer als der Geschmack selbst. Ich nahm meine Scheibe und presste ihren Saft in mein Glas. Woher hatte ich das, aus einem verdammten Film? Im selben Moment war es mir unangenehm, aber Laila hatte es nicht einmal bemerkt. Sie starrte Melek hinterher, die sich geschickt zwischen den Stühlen und Tischen hindurchfädelte, ohne das Tablett schief zu halten.

Hast du schon mal gesehen, wie Götz eine andere Frau als Ingrid küsst?, fragte sie. Die abgesaugte Schale schnippte sie auf den Bürgersteig. Sie landete nur wenige Zentimeter neben den hochhackigen Pumps einer Frau, die am Nebentisch saß und angestrengt in einem Magazin blätterte. Verstimmt sah sie zu uns herüber, zog die Pumps näher zu sich heran, so dass die Beine ab den Knien wie ein umgedrehtes V auseinanderfielen, dann schlug sie sie übereinander.

Natürlich nicht. Die Frage überraschte mich, ich hatte nie darüber nachgedacht, warum?

Weißt du, sagte Laila, diese Melek ist schön, und sie ist jünger als meine Mutter, klar, dass er auf sie abfährt. Das hat sie gesagt, nicht ich. Und dass sie seine Tochter sein könnte.

Du hast mir noch nie von ihr erzählt.

Laila nahm einen Schluck Limo, blähte damit die Wangen auf, sog sie ein, spülte die Flüssigkeit im Mund wie Zahnwasser. Schluckte.

Du hast nicht gefragt.

Das Schweigen lag zwischen uns wie eine Pfütze, die mit jedem Tropfen Regen, der vom Himmel fiel, weiter anschwoll, überquoll, obwohl es keine Form gab, die gesprengt werden konnte.

Und, sagte ich schnell, einfach irgendwas, damit das ein Ende hatte. Tropf, tropf. Laila sah auf die Pumps der Frau, wanderte zu den nackten Knien, die knubbelig unter dem schmalen Rock hervorlugten. Über ihr Gesicht huschte ein Gewitter, diese minimale Entgleisung. Als sie meinen Blick auffing, nahm sie wieder Haltung an, pustete sich eine Strähne aus dem Gesicht, lehnte sich zurück, wartete.

Ich nickte, um ihr zu bedeuten, dass ich da war, jetzt hörte ich zu. Meine Ohren waren heiß vor Anstrengung.

Du musst es mir nicht erzählen, sagte ich, obwohl es dafür natürlich längst zu spät war.

Sie war einfach da, immer und überall, setzte Laila an, egal wo wir waren. Sie sprach, als hätte sie zu lange darauf gewartet, diese Geschichte zu erzählen, und als hätte sie sich derweil in ihrem Inneren bereits verselbstständigt.

Eigentlich mochte ich sie wirklich gern, anfangs. Sie hat uns herumgeführt in Istanbul, Hagia Sophia, das Goldene Horn, die Fähre über den Bosporus, das ganze Programm. Sie kann sehr gut Deutsch, weißt du, sie ist auch sonst ziemlich clever, studiert Politik. Und mir wollte sie ständig Zeug schenken, Ohrringe, Blusen, alles Mögliche, einmal sogar einen kleinen Kanarienvogel, der mich an den von Oma erinnert hat, weißt du noch, der Vogel? Später habe ich verstanden, dass sie das alles mit dem Geld von Papa bezahlt hat. Klar, woher soll sie auch sonst so viel Geld haben, ich habe nicht nachgedacht, Linn. Wahrscheinlich war ich einfach zu blöd, um es sofort zu merken.

Sie stockte.

An einem Nachmittag bin ich zu Hause geblieben. Es war zu heiß, das habe ich gesagt, in Wirklichkeit hatte ich einfach keine Lust, mit Melek und Papa unterwegs zu sein, auf einmal wünschte ich mir, wir würden mal allein losziehen, das war alles, aber es hat sie nicht gestört, meine Abwesenheit, im Gegenteil. Sie sind dann allein losgezogen, ich war zu Hause, langweilte mich. Meine Tante fragte mich, ob ich ihr unten an der Ecke Zigaretten besorgen wollte.

Ich blickte zu meinen Füßen. Vor uns pickten Tauben nach den Resten eines vergangenen Essens. Ich fasste mir ans immer noch heiße Ohr. Laila schwieg. Und ich schwieg, damit sie weiterredete. Es fiel ihr offensichtlich schwer, das Sprechen, aber auch das Schweigen.

Dann, endlich: Sie saßen nicht mal zwei Straßen weiter in einem Café, wie hier. Sie haben sich nicht geküsst, das wäre irgendwie erträglich gewesen, nein, mein Vater hatte ihren Rock hochgeschoben, seine Hand auf ihren Schenkeln. Er hat sie gar nicht mehr losgelassen, kannst du dir das vorstellen? Die Leute haben gegafft wie die Affen, natürlich auch, weil sie wie verrückt gelacht hat, eine Irre, dachten sie. Ich schwör es dir, sie wollte, dass alle es sehen.

Mein Blick glitt wieder zur Kellnerin, sie stand mit dem Rücken zu uns, der wie ein V tief ausgeschnitten war, das sah ich erst jetzt, es reichte beinahe bis zum Po.

Vielleicht wollten sie ja von mir gesehen werden, setzte Laila an.

Warum?, ich legte ihr eine Hand an die Schulter. Es schien mir die einzig angemessene Reaktion zu sein.

Sie zog die Schultern hoch, dabei rutschte meine Hand herunter, glitt einfach auf die Stuhllehne. Dort ließ ich sie auch liegen.

Wahrscheinlich war es ihnen einfach egal, sie haben nicht darüber nachgedacht, nein, sie korrigierte sich schnell, sie haben dabei nicht an mich gedacht.

Ihre Stimme wurde dünn. Gerade als ich dachte, jetzt weint sie, renkte sie sich wieder ein. Nahm das Glas, trank einen Schluck. Schlug es auf den Tisch, so dass alles darauf gefährlich ins Schwanken geriet; die Zuckerdose, eine schmale Vase mit einer noch verschlossenen gelben Tulpe, mein Glas.

Bestimmt haben sie das, kam es mir über die Lippen.

Ich hätte gerne etwas wirklich Tröstliches gesagt.

Laila sah hoch, in ihrem Blick plötzlich Spott: Du, sagte sie, du hast doch keine Ahnung. Du hast richtige Eltern. Du hast ein Zuhause, Linn.

Noch nie hatte ich darüber nachgedacht, was wohl hieß, das Laila recht hatte.

Und was ist mit uns?, fragte ich, mit Götz und Ingrid, deiner Mutter?

Das ist nicht dasselbe.

Was meinst du?

Vergiss es.

Was soll ich vergessen?

Vergiss es einfach, okay.

Das versuchte ich, während sie der Kellnerin winkte, es war nicht Melek, sondern eine andere schöne junge Frau in einem schlichten Kleid, und unsere Getränke bezahlte. Aber etwas an der Geschichte machte mich fassungslos.

Was denn bloß los ist, versuchte ich es nochmals, dachte parallel dazu nach, wie wir nach Hause kommen würden, stellte fest, dass ich es nicht wusste. Hier, in dieser Zwillingsstadt, hatte ich komplett die Orientierung verloren.

Er hat sie gebumst, Linn, und ich habe es gehört, das ist los. Sie haben sich nicht mal die Mühe gemacht, leise zu sein.

Wie Lailas Vater hinter der Kellnerin steht, die sichtbaren Wirbel ihres Rückens hinunterwandert. Er fährt mit der flachen Hand hinein, zwängt sich in das enge V, versucht ihren Hintern zu erreichen, aber er stellt sich ungeschickt an. Sie dreht sich um, umschließt beide seiner Handgelenke. Er sitzt in der Falle. Dann fällt sie urplötzlich in die Hocke. Es sieht ganz leicht aus, wie bei einem Klappmesser, das nur zwei Richtungen kennt, auf und zu, hoch, runter.

Lass das, sagt er und schiebt ihren Kopf von sich, wie einen etwas zu anhänglichen Hund.

Aber sie hört nicht auf, sie fordert ihn heraus, nestelt an seiner Hose, bis sein Kopf schwer in den Nacken fällt, ein Stein, der zurückplumpst und nur durch den Hals auf dem Körper gehalten wird. Etwas Unbändiges zerrt jetzt an seinem Gesicht. Dann sehe ich auf einmal Malvina, wie sie sich über den Mund wischt und zu Timo sagt: So, du bist fertig. Wie in einem Kippbild wechseln die Gestalten, die Paarungen, sie tanzen einen wilden Tanz, immer vor und zurück, die Schaukel schwingt, und dann flattert eine Panik in meiner Brust, weil sich noch jemand dazwischendrängt, es dauert einen Moment, bis ich sie wirklich erkenne, es sind Ingrid und Götz. Ich hielt mich an der Tischkante fest, obwohl ich immer noch auf demselben Stuhl saß.

Hinter uns schlugen Absätze hart auf den Asphalt, bestimmte kleine Schritte, die in meinem Schädel ein Feuerwerk auslösten, sich überschlugen, einholten. Laila rückte näher an mich heran, ihre Haare kitzelten an meiner Wange. Die Schritte zogen vorbei, es war – anders, als ich erwartet hatte – nicht die Frau in ihren Pumps, sondern ein Mann mit ordentlich gebügeltem Anzug, die Ledertasche unter den Arm geklemmt, den Blick auf ein Ziel gerichtet, das in der Dunkelheit verborgen lag. Alles geht vorbei, dachte ich, auch das hier würde vorbeigehen, und irgendwann wären wir erwachsen. Eine Tatsache, die mich plötzlich beunruhigte. Das Licht einer Laterne warf den Typ als Schatten auf den Boden, er wandte uns sein Gesicht zu, aber ich konnte es nicht gut erkennen. Sein Schatten war viel kleiner, über den grauen Boden huschte ein zaghaftes Kind.

Schwerfällig standen wir auf, rückten die Stühle zurecht, richteten uns daran auf, an dieser simplen Geste. Unsere Glieder waren steif von der Kälte, die plötzlich gekommen war. Wir liefen dicht nebeneinander, ich hielt Lailas Hand, von der ich nicht wusste, wie sie in meine gefunden hatte, aber da sie nun da war, hielt ich sie fest, und unter jedem unserer Schritte schien sich der Boden etwas mehr aufzutun.

Mittlerweile blühten die Magnolien, die wulstigen weißen Köpfe drückten mit ihrem ganzen Gewicht die Zweige schwer herunter. Sie passten nicht hierher, entschied ich, in diesen Hof, sie waren viel zu schön. Wir entdeckten Pingpong und kratzten mit Stöckchen das Moos von der alten Steinplatte, die zu einer Seite hin absoff, aber das war egal, weil wir ohnehin nicht richtig spielten. Es gab keine Regeln. Egal, sagten wir, ist auch die Schule. Wir wurden nachlässiger mit den Hausaufgaben, und Ingrid und Götz waren zu sehr mit sich beschäftigt, um davon Wind zu bekommen. Lailas Großmutter schickte uns ein Paket mit Zitronen aus ihrem neuen Garten. Wir aßen sie nicht. Stattdessen legte Götz sie in der Küche auf die Kommode, auf einen großen flachen Teller, und sie verströmten einen Geruch, der wie ein tröstliches Versprechen war. Eines Tages, hieß es, würden wir sie dort besuchen. In einem Land, wo man aus dem Fenster mitten in den Baum hineingreifen und gelbe, pralle Früchte ernten konnte, aus denen die Großmutter uns zum Frühstück Limonade presste.

Es war auch die Zeit, in der wir fast jeden Nachmittag in unserer Bucht zusammenkamen. Unsere Bucht, so nannten wir das, ein romantischer Begriff für einen schnöden, eigentlich abstoßenden Ort. Eine Art Terrasse, zum Garten hin offen, zur Hälfte im Boden versackt, von zwei Säulen gehalten. Später habe ich so etwas nie wieder gesehen. Die kleinen Geschwister hatten keinen Zugang. Wer hineinwollte, musste ein Rätsel mit Streichhölzern lösen, über das die Älteren von uns entschieden, was es für die Kleinen schlichtweg unmöglich machte. Als sie das verstanden hatten, verloren sie rasch das Interesse, zogen sich in den Sandkasten zurück oder auf den Turm. Es roch moderig, nach Keller und torfiger Erde, jemand lagerte dort sein Werkzeug für die Gartenarbeit, und ganz sicher hatte schon einmal jemand in die Ecken gepisst. Überall hingen Spinnweben, über den Boden huschte ein Weberknecht, kringelten sich zahlreiche Asseln. Es hieß, man habe hier einmal den nackten steifen Körper einer Frau gefunden. Mehr wussten wir nicht, aber es reichte, um allerlei Spekulationen anzustellen. Can meinte, es sei eine Nutte aus dem Park gewesen, Malvina sagte, sie – eine schöne Geliebte – sei wohl aus Eifersucht von der geistesgestörten Ehefrau des Polizisten umgebracht worden, nachdem sie ihren Mann beim Ficken erwischt hatte. Oder, sagte sie, es war eine Irre, die hier sterben gegangen ist, einfach so.

Vanessa klaute von zu Hause Teppiche, mit denen wir den Boden auslegten, Vicki fegte die Ecken aus, Timo, Malvina und Can liefen zum Kiosk und kauften Nüsse, Bier und Schokolade, Vorrat, den sie in mehrere Lagen Plastiktüten gehüllt in den Hof schmuggelten. Sami lag nur so herum, schläfrig und satt nach dem Mittagessen, knuffte uns, die wir für das Einrichten bestimmt waren, in die Seite, griff mit halb geöffneten Lidern nach einem Arm, einem Bein. Vicki wirkte geschäftig, machte sich mit einem Schwamm an einer Ecke zu schaffen, die von Schimmel überzogen war. Sie lief immer noch Malvina hinterher, wie ein anhänglicher Hund, obwohl die längst das Interesse verloren hatte und lieber mit Timo und Can zusammen war.

Wo ist Laila?, fragte sie beiläufig. Ich musterte sie, ihre mit großen Blumen geschmückte Bluse, die Shorts, die knapper geworden, aber immer noch weniger knapp als Malvinas waren.

Keine Ahnung.

Die anderen hatten begonnen, Mutmaßungen über Laila anzustellen, was mit ihr nicht stimmte. Warum sie sich nie im Hof sehen ließ. Hatte sie etwas ausgefressen und durfte deshalb nicht hinaus? War sie todkrank, wie das Mädchen in einer Doku, welches kein Licht sehen durfte? Oder war sie in Wirklichkeit ein Vampir?

Kichern, Stille.

Halbherzig versuchten sie, es vor mir zu verbergen. Und ich versuchte im Gegenzug halbherzig, Laila vor den anderen in Schutz zu nehmen. Was hätte ich sagen sollen, ich wusste nicht, wohin sie Nachmittag für Nachmittag verschwand, wenn sie nicht unten auf dem Bett lag und las. Vanessa schnaufte und ließ sich neben Sami auf die Kissen fallen. Ihre Beine hatten rote Striemen vom Kriechen über den Boden.

Schon fertig?, fragte Vicki streng. Als könnte sie das entscheiden, als läge es in ihrer Hand.

Besuch von der roten Tante, Vanessa hielt sich demonstrativ die Hände vor den Bauch.

Blutest du etwa? Sami, der ihre Nähe genossen hatte, rückte ab.

Komm runter, sagte Vanessa lässig, aber in ihre Stimme hatte sich eine Unsicherheit geschlichen, sie wirkte gekränkt. Ich legte ihr meine Hand aufs Knie.

O mein Gott, sie blutet, rief Sami gespielt hysterisch und rieb sich die Handflächen an den Oberschenkeln.

Spinner, echt, sagte ich, als er aufstand, sich vor Ekel schüttelte und aus der Bucht stieg. Sein schmaler Rücken, der seltsam nach links knickte, steuerte auf die Mülltonnen zu, hielt inne. Malvina hatte mir erzählt, dass sein Vater ihn als Baby fallen gelassen hatte und er deshalb so merkwürdig lief. Er griff nach einem Strauch, brach einen Ast heraus, schlug damit einmal auf den Weg, bevor er ihn fallen ließ. Dann verschwand er hinter der Biegung. Vicki blickte im Stehen auf Vanessa und mich herunter, schwieg und drehte sich dann weg, als hätten wir einen grundlegenden Fehler begangen. Und obwohl sie es nicht sagte, wussten wir, dass man über das Bluten vor den Jungs besser nicht sprach, am besten überhaupt nicht, vor niemandem.

Laila fehlte. Nicht nur an diesem Abend, bei der Einweihung unserer Bucht, sondern auch an weiteren, wie ich damals glaubte, wirklich gewichtigen Tagen. Mir war nicht klar, was sie tat oder vorhatte zu tun, ich hegte aber die beruhigende Phantasie, ich müsste nur lange genug wegbleiben, mich ihr entziehen, damit sie mich schließlich holen kam, zurück in unser Zimmer, in eine Zweisamkeit, wo wir unter den Augen des Fremden getanzt hatten. Vom Ende kommend, wird das Bild vom Anfang zunehmend blasser, die Konturen sind zittrig, als hätte jemand mit unsicherer Hand Striche gesetzt, weitere korrigierend darübergelegt. Hatte Laila in diesem Herbst, bevor sie zu uns kam, tatsächlich immer ihre Mütze tief in die Stirn gezogen, oder war das viel früher gewesen, in einem anderen Jahr? Ich erinnere mich an einen Winter mit erstaunlich viel Schnee. *Klipp. Klapp.* Keins der Bilder trägt mehr Wahrheit in sich als das andere.

Es war ein Nachmittag im Mai. Der Sportlehrer hatte sich am Fuß verletzt, niemand wollte ihn vertreten, also fielen die letzten beiden Unterrichtsstunden aus. Im Flur schmiss ich meinen Rucksack, die leichte Windjacke und meine Schuhe in einer Ecke auf einen Haufen, ließ mir in der Küche ein Glas mit kaltem Leitungswasser volllaufen und trank es in einem Zug leer. Die Sonne hatte die Farbe wie das Innere von Honigmelonen; hellgelb und feucht glänzend stand sie am Himmel, ich freute mich. Über das sommerliche Wetter, die unverhofft geschenkte Zeit. Trank abermals, mischte dafür Saft und Wasser, trank zu gierig dieses Mal, so dass mir an Kinn und Hals Flüssigkeit hinabrann. Was genau ich dann durch die geöffnete Tür zu unserem Zimmer zu sehen bekam: Lailas Rücken. Wie sie vorm Fenster stand, allein und unbewegt. Unwillkürlich stoppte ich, war mucksmäuschenstill und wartete. Darauf, was sie dort verdammt noch mal tat.

Was sie tun würde.

Es würde eine Erklärung geben. Der gelbe Nicki und das T-Shirt waren hochgeschoben, so weit, dass ihre winzigen Brüste zu sehen sein mussten. Wir hatten in diesem Frühjahr mit Ingrid unseren ersten BH gekauft. Für Anfängerinnen wie uns gab es sportliche Modelle in fröhlichen Farben, so hatte die Verkäuferin es ausgedrückt. Anfängerinnen, als müssten wir für einen ausgereiften Busen noch trainieren. Mein BH war orange, ihrer lindgrün. Die Haken waren gelöst, klafften über den Schulterblättern auf, die wie ein Gebirge aussahen. Ich stellte mir auch Lailas Brüste vor, wie sie unter dem grellen Licht der Umkleidekabine ausgesehen hatten, kleine flache Cookies, meinen sehr ähnlich. Und zu Hause, weniger definiert, irgendwie teigig, obwohl sie hart waren, wenn man sie berührte. Mein Mund war trocken, ich schluckte, wollte etwas sagen, was zum Teufel sie da tue, gleichzeitig wusste ich, sie würde mir nie die Wahrheit sagen, würde ich jetzt fragen. Die Hände klebrig vom angetrockneten Saft, rieb ich Daumen und Zeigefinger aneinander.

Laila, die Verräterin.

Wie sie dort stand, blitzte etwas in der Scheibe auf.
Hallo,
ich bewegte meine Lippen synchron. Etwas in mir geriet außer Kontrolle, kippte um; deshalb, vermute ich, ging ich zu Götz und erzählte ihm davon, wie ein Junge – ich sagte, er sei dick und picklig – jeden Tag in unser Zimmer spähte. Mit dem Fernrohr sehe er ins Zimmer hinein. Wie widerlich das sei. Dass Laila ihm eine Kusshand zugeworfen habe, erzählte ich auch, obwohl es nicht stimmte. Sie stand ja nur da, beim Fenster, und zog den Pullover hoch, unbeteiligt, als wäre sie ein Objekt in einem Museum, eine samtweiße Statue mit weichen Hüften.

Durch die angelehnte Balkontür erkannte ich Götz' breiten Rücken. Er hatte den Blick in den Garten gerichtet, vielleicht beobachtete er eine der Blaumeisen, und rauchte dabei, wie er es oft tat. Die qualmende Zigarette in seiner Hand, untrennbar mit seinem Körper verwachsen.

Wie er seine Hand an den Kopf legte, die Zigarettenspitze abgespreizt, und sich kratzte, mit der anderen, der freien Hand, welke Blätter aus den Blumenkästen zupfte. Er hatte in den letzten Monaten stark zugelegt, die Hemden spannten ungut. Oft saß er kurz vor Mitternacht in der Küche, den Rücken dann gekrümmt, ganz allein, und aß ölige Sardellen aus Büchsen. Er nahm keine Gabel, sondern tauchte die Finger direkt ins Öl.

Gott, Götz, sagte Ingrid jedes Mal, mir wird schlecht, kannst du deine Fische nicht woanders essen?

Wo soll ich sie denn deiner Meinung nach essen, antwortete er, wenn nicht hier. Es war natürlich keine ernst gemeinte Frage, er war wütend und gekränkt.

Weiß ich nicht, hier jedenfalls nicht, jeden Morgen stinkt es wie die Pest.

Du wohnst hier nicht allein.

Das ist ja das Problem.

Idiotin.

Damit war alles gesagt. Dachte ich. So wie ich dachte, sie müssten sich schon längst getrennt haben, aber dann saßen sie plötzlich doch wieder eng umschlungen wie ein Teenie-Liebespaar vor dem Computer, auf dem kaputten Bürostuhl, Ingrids Hand in Götz' offener Hose. An einem der drauffolgenden Abende beobachtete ich Götz, wie er am Waschbecken stand und Öl in die Spüle tropfen ließ. Die leere Büchse hielt er unter fließendes Wasser, gewissenhaft wusch er sie mit Spülmittel aus, bevor er sie in den Müll gab. Es versetzte mir einen Stich. Nicht weil ich ihn so gesehen hatte, sondern weil Ingrid es verpasst hatte, ihn so zu sehen.

Die Glastür, ich trat jetzt näher an sie heran. Götz bückte sich, und plötzlich raste mein Herz wie wahnsinnig. Ich sah ihn fallen oder springen, was aufs Gleiche hinauskommt. Sein schwerer Körper als ein nasser Sack, der sich dem Boden nähert, unaufhaltsam.

Ich hob die Hand, klopfte hektisch gegen die Scheibe, er zuckte zusammen, wandte sich mir zu – lächelte er? –, wie ein Verbündeter zwinkerte er. Als wolle er sagen: Du hast mich schon richtig verstanden. Seine abgedämpfte Stimme durchs Glas: Komm, ich zeig dir was.

Draußen schlug mir feucht die Luft entgegen, offenbar hatte es geregnet. Mein Brustkorb schmerzte, irgendetwas hatte sich verklemmt. Götz strich die Zigarette im Aschenbecher aus, bückte sich dabei leicht vor und zupfte ein pelziges Blatt vom Salbei, zerrieb es zwischen Daumen und Zeigefinger: Hier, riech das mal.

Ich war erleichtert und kam mir dumm vor, nahm trotzdem seine Hand und hielt sie fest, zu fest. Er befreite sich und zeigte auf eine andere, mir unbekannte Pflanze, die in sich selbst seltsam verknotet war. Eine Missbildung. Götz hatte viel übrig für die Launen der Natur. Er studierte sie, ihre Ausprägungen, wie die Vielzahl der Menschen, die ihm begegneten.

Die hat hier zu wenig Licht, befand er schließlich, die müssen wir umtopfen, sonst macht sie es nicht mehr lange.

Ich nickte.

Hol mal die Schaufel.

Ich kehrte ihm den Rücken zu, dankbar, etwas tun zu können, ihm folgen zu können, wie ein kleines Kind, das von nichts wusste, und sperrte die Werkzeugbank auf, suchte nach der Gartenschaufel, dem schweren Griff aus dunkelgrün lackiertem Metall. Es dauerte eine ganze Weile, dabei drehte ich mich immer mal wieder um, nur um sicherzugehen.

Was ist los?

Die Schaufel trug Rostspuren an der Spitze.

Nichts, sagte ich, stellte mich neben ihn. Unter uns lag der Garten, unberührt wie das Innere einer Schneekugel, nur ohne den Schnee. Götz machte sich ans Werk, zärtlich hob er die Wurzel aus der Erde.

Du weißt, dass ich früher Messdiener war?

Das wusste ich. Warum er nicht mehr in die Kirche ging, ob er tatsächlich an einen Gott glaubte, wusste ich allerdings nicht. Ingrid hatte einmal scherzend gesagt: Als er nach Berlin kam, da ist er vom Glauben abgefallen, und dann hat er mich getroffen. Er hatte dazu geschwiegen. Wir hatten in der Schule viele Gebete gelernt, in mehreren Sprachen, begleitet von Gesten, Hand zur Stirn, Stirn auf Knie, Hand an Hand und so weiter und so fort, aber zu Hause hatten wir nie darüber gesprochen.

Zum ersten Mal fielen mir die grauen Haare auf, die sich über seine Schläfen zogen.

Und, fragte ich.

Was?

Glaubst du an Gott?

Früher fand ich diese Vorstellung unheimlich, als Kind, sagte er.

Ich versuchte, mir Götz als das Kind vorzustellen, das er mir einmal beschrieben hatte, groß für sein Alter, aber ängstlicher als die anderen.

Er schwieg einen Moment.

Dass Gott alles sieht. Mich sieht. Bei allem, was ich tue. Wie jemand, der über mich richtet, verstehst du?

Hm.

Und es gibt kein Entkommen, keinen Ort, an dem er nicht richtet. Heute sehe ich das anders, Linn, ich kann das verstehen, weißt du, als einen Schutz vielleicht, vielleicht so: Da ist jemand, der auf mich aufpasst, der nach mir sieht.

Ja, sagte ich und spürte seine Dringlichkeit, mir das zu erzählen. Es schien ihn schon eine ganze Zeit lang zu beschäftigen.

Das ist doch ein guter Gedanke, oder? Er schien selbst noch immer unschlüssig darüber zu sein. Unter seinen Fingern nasse Erde, er drückte sie vorsichtig an, um der Pflanze mehr Halt zu geben.

Am nächsten Tag suchte Götz die Wohnung, zu der das Fenster gehörte. Dass er an der Wohnungstür klingelte und ihm erst niemand öffnete. Er nochmals klingelte, so lange, bis da eine schmale Frau stand, die sagte, ihr Sohn sei nicht zu Hause und ob sie ihm was ausrichten könne. Er habe versucht, ihr zu erklären, dass ihr Junge in unser Fenster sehe. Dass das nicht richtig sei. Ob sie das verstehe. Verstehen Sie? Er sagte, sie habe nur gebrochen Deutsch gesprochen, immer wieder genickt. Ja, ja. Vielleicht hätte ich damals schon wissen können, dass er log, aber es war gut, Gestalten vor Augen zu haben. Die zierliche Mutter, ihren abwesenden Sohn. Allen voran Götz, der die Dinge richtet. Eine Form der Ordnung schafft. Götz, der am Abend die Jalousien überprüft, zur Sicherheit in die Lamellen greift, um zu sehen, ob sie auch wirklich vollständig verschlossen sind.

Man sieht viel mehr, als ihr denkt, sagte er dann immer.

Wir standen betreten im nachtdunklen Raum und stierten gleichgültig Schulter an Schulter in die hell erleuchteten Zimmer gegenüber, die nicht verhangen waren, in denen Menschen auf und ab liefen, ihren abendlichen Beschäftigungen nachgingen. Ein Bündel Baby im Arm wiegten, kochten, so dass die Scheiben beschlugen, sich an einem Tisch gegenübersaßen, gebeugt über Schalen.

Die Winterlinde vor unserem Fenster blühte fast über Nacht, die hellgelben, zarten Blüten legten ihren kühlen süßen Duft über die ganze Straße; nun lagen wir im Verborgenen. Das Nest in der Krone wirkte verlassen. Alle müssten wissen, dass ich gelogen hatte, dachte ich, mich dafür strafen wollen. Aber es interessierte sie nicht. Wenn ich Lailas Blick begegnete, lächelte sie abweisend. Sie hatte mich ertappt. Welche von uns die andere hielt. Wer gehalten wurde.

Wir sprachen nicht darüber, warum auch, es war zu offensichtlich.

Kommst du mit in den Hof?, fragte ich, obwohl ich wusste, wie ihre Antwort lauten würde. Sie sah von ihrem Buch mit dem hellgrünen Umschlag auf, perplex, als hätte ich sie freundlich gebeten, aus dem Fenster zu springen, das weit offen stand, und sie machte sich nicht einmal die Mühe, den Kopf zu schütteln. Sie kroch in die Seiten, schwamm zwischen den Wörtern, auch in den kommenden Tagen, und transzendierte sich damit. Es gab keine Ecke, keinen einzigen Ort in der Wohnung, an dem ich ihr entkommen konnte, auch wenn sie nicht wirklich anwesend war, bereit, sich auseinanderzusetzen.

Auf dem Balkon lag das Weite. Hinter dem Garten der Park. Und hinter dem Park fingen sie an zu bauen, neue, schöne Häuser, dahinter den Potsdamer Platz. Nachts funkelte er in der Ferne wie ein vages Versprechen auf eine andere Zeit, eine gut ausgeleuchtete Zukunft, gleich neben dem Turm der Postbank. Götz rauchte Marlboro. Und stets lagen mehrere angebrochene Packungen herum. Ohne zu wissen, warum genau, schnappte ich mir eine und ließ sie in meinem ausgewaschenen Kapuzenpullover verschwinden, er roch nach meinem Kaninchen, irgendwie tröstlich, nach Heu und weichem Körper. Auch das durchscheinend orangefarbene Plastikfeuerzeug steckte ich ein. Unten im Hof stellte ich mich in eine sichtgeschützte Ecke, presste meinen Rücken an die mit Efeu bewachsene Wand, so dass ich deutlich meine Schulterblätter spürte, und zündete mir eine Zigarette an. Über meinem Kopf befand sich das Küchenfenster, jemand klapperte mit Geschirr. Wahrscheinlich war es Götz, der an der Spüle stand und abwusch. Der Schwindel war angenehm, das Licht zerfloss schmierig wie Öl, Konturen verwischten. Vielleicht würde ich in die torfige Erde fallen, die vom letzten Regen noch feucht war. Der Magen flau, eine Übelkeit, nicht unangenehm. Als ich fertig war, strich ich die Zigarette an der Wand aus, wie ich es bei Götz beobachtet hatte.

Da klebte er.

Ein rußiger Fleck. Nichts weiter. Ich hatte etwas Verbotenes getan, es hatte sich nichts geändert. Die Stelle, an der ich die Kippe ausgemacht hatte, war das einzige Zeugnis. Die Leere drum herum war allumfassend. Verzweifelt steckte ich mir die nächste Zigarette an in der Hoffnung, dann würde etwas geschehen. Ich hatte jetzt schon Übung. Ingrids Stimme, weit entfernt, als spräche sie durch einen Trichter, weinte sie? – ich halte das nicht mehr aus –, ich wusste nicht, wer von beiden sprach, Ingrid oder Götz oder in Wirklichkeit ich selbst, steckte mir die dritte Zigarette an, ohne nachzudenken – ich halte das nicht mehr aus –, noch am glimmenden Ende der zweiten, und zog so fest daran, dass das Papier knisterte. Ob meine Mutter meinen Vater hielt. Ob er schon gefallen war, in Wirklichkeit. Ein gefallener Geist. Und wer dann Ingrid halten sollte. Wo war Laila in diesem Moment? Hörte sie, was ich hörte? Wie jemand eine Pfanne auf den Herd schlug, den Aufschrei, spritzendes Fett. Oder bildete ich mir all das nur ein? Das Warten auf die Katastrophe war schlimmer als die Katastrophe selbst. Nacheinander rauchte ich alle Zigaretten auf, zwang mich dazu, als hätte ich eine lästige Pflicht zu erledigen. Ich erledigte sie ordentlich und sorgsam. Obwohl mein Magen rumorte, der Mund schon trocken und pelzig war. Anschließend kotzte ich in die Himbeerbeete, bis mir die Augen tränten und bittere Gallenflüssigkeit aufstieg. Ich wusste sehr genau, was mir gehörte, dass die Himbeerbeete mein Vater angelegt hatte. Dass er sie bezahlt hatte und jeden Abend wässerte. Dass es also mir, mehr als allen anderen im Hof, zustand, diese Beeren zu essen, sie an jemanden zu verschenken oder mir über ihnen den Magen zu entleeren. Meine Himbeeren, flüsterte ich, meine Stachelbeeren, meine gottverdammten Brombeeren, meine Beete, mein Garten. Den anderen hatte ich nie verboten, die reifen Früchte zu essen, trotzdem wagte sich niemand heran, solange ich dabei war.

Bevor ich ihn sah, hörte ich ihn. Das Schleifen von Plastik auf Steinplatten, feiner Sand dazwischen. Wie er auf einem roten Bobbycar seine Kreise zog, weite Kreise, die den ganzen Hof umspannten. Zu groß für das Gefährt, stießen die Knie ihm beim Vorankommen in die Achselhöhlen. Vickis kleiner Bruder. Wie hieß er noch mal? Er musste neun sein oder zehn, ich hatte ihn nie wirklich wahrgenommen.

Niels.

Ja, das war sein Name.

Er hatte blasse Haut mit einem Stich ins Rote, dunkelblondes, feines Haar, das ihm fettig ins Gesicht hing, und war auch sonst ziemlich unauffällig. Wenn er im Hof war, spielte er mit den Kleineren, obwohl er gut zwei Köpfe größer war. Er wirkte immer leicht hängengeblieben.

Niels kämpfte sich vorbei am Sandkasten, wo jemand eine Schippe Sand auf dem Gehweg verteilt hatte. Er nahm Schwung mit den Beinen, indem er sie weit vor sich auf den Boden aufsetzte und sich anschließend mit aller Kraft nach vorn stemmte. Die dünnen Waden spannten sich an. Er blieb stecken, wiederholte den Vorgang, immer wieder, immer wütender, bis er schließlich das Auto am Lenker griff, aufstand und es in einem weiten Bogen in eine Reihe Büsche stieß, wo es zwischen den zackigen, wie gelackt glänzenden Blättern und giftigen violetten Früchten verschwand.

Als er mich entdeckte, hielt er still, kaute auf der Unterlippe. Vielleicht wartete er darauf, dass ich mit ihm schimpfte, wie Vicki es getan hätte. Schuldbewusst stand er da, in kurzen zerknitterten Shorts und einem bedruckten Motto-T-Shirt, *Let the sun shine*, das mit Sicherheit seine Mutter für ihn eingekauft hatte, so wie sie auch noch Vickis Klamotten kaufte, diese braven kurzen Shorts. Ich wischte mir mit dem Ärmel über den Mund, nur um sicherzugehen, dass dort keine Reste klebten. Der Speichel schmeckte sauer.

Hey, sagte er, hob seine Hand, aber nur halb, bis auf Brusthöhe etwa, als hätte er es sich auf offener Strecke anders überlegt, und ließ sie wieder fallen.

Was machst du da?

Ich rauche.

Sein Mund stand offen, wie bei kleinen Kindern, was ihn leicht dümmlich aussehen ließ. Er trug eine feste Zahnspange.

Tust du nicht.

Ich zog die Schachtel aus meinem Hoodie, sie war leer, aber das konnte er nicht sehen. Hielt sie triumphierend am ausgestreckten Arm in die Luft: Und was ist das? Mein Kunststück hatte ihm imponiert, er sah jetzt wacher aus, neugieriger. Seine Augen öffneten sich, wie die Linse einer Kamera.

Wo ist deine Schwester?, fragte ich ihn, obwohl es mir gleich war.

Nicht da.

Ich nickte.

Dann: Ich hab auch schon mal geraucht.

Sag bloß. Ich hob eine Augenbraue, stemmte die Hände in die Hüften und machte einen Schritt auf ihn zu. Ich wusste, er log. Sein Gesichtsausdruck wechselte, er hatte nervös gerötete Ohren und starrte auf etwas. Es dauerte, bis ich verstand, wohin. Es erschreckte mich, hauptsächlich aber amüsierte es mich. Mit dem nächsten Atemzug reckte ich meinen Anfänger-Busen noch ein Stück weiter nach vorn.

Ist dir nicht langweilig, Niels?

Er zuckte die Schultern, kratzte sich mit dem rechten Fuß die linke Wade. Als ich einen Schritt auf ihn zumachte, wich er zurück. Dieses Gefühl war neu, es war gut. An seinem Hals kroch ein hektisches Rot hoch. Ich starrte so ausgiebig dorthin, bis er eine Hand an die Stelle legte, sich verlegen rieb. Ich musste ein Lachen unterdrücken. Sein Pony fiel ihm ins Gesicht. Er bedeckte schon seine Augen, so lang hatte ihm niemand die Haare geschnitten. Im Kinderladen hatte es einen Jungen gegeben, zwei oder drei Jahre jünger als ich, der aufheulte, wenn ich ihn mit einer bestimmten Grimasse ansah. Seinen Namen hatte ich vergessen, nicht aber die Tatsache, dass ich schlichtweg nicht mehr damit aufhören konnte, diese Grimasse für ihn zu ziehen, wenn niemand hinsah.

Hast du eigentlich eine kleine Freundin, Niels?

Seine Augen weiteten sich erschrocken, er senkte den Kopf, sah auf den Weg zwischen uns, meine Fußspitzen, die in gestreiften Espadrilles steckten.

Dafür bin ich doch noch zu jung, murmelte er.

Ich lachte, ach so? Ein gemeines Lachen, das mich selbst kurz aufhorchen ließ. Warum machte mir das hier solchen Spaß? Ohne ihn anzusehen, spürte ich, wie Niels nach Fluchtwegen Ausschau hielt, ein schockstarres Tier, das aus seinem Bau lugt.

Hey, Niels, ich machte noch einen Schritt auf ihn zu, willst du mal anfassen? Mit der linken Hand knetete er seinen speckigen Kinderarm durch, vom Musikantenknochen hinunter bis zum Handgelenk. Er hatte verstanden, was ich meinte. Eine Taube landete im Sandkasten. Daneben steckte ein aufgequollener Zigarettenstummel im Sand. Ich fragte mich, ob wir als Kinder jemals darin gespielt hatten oder er schon immer als Müllkübel Reste aller Art aufgefangen hatte.

Du kannst ruhig Ja sagen, ich strich mir über den Arm, spürte einen Anflug von Gänsehaut.

Niels schwieg. Niels ging nicht weg. Da wusste ich, ich hatte ihn.

Mit dir ist nicht viel los, was.

Er hob das Kinn, ließ es unschlüssig wieder fallen.

Willst du mir vielleicht eine Zigarette besorgen?

Er sah sich ratlos nach jemandem um.

Dann kannst du anfassen, okay, sonst eben nicht.

Für drei Atemzüge dachte ich, jetzt wäre ich zu weit gegangen, aber er hatte offenbar nachgedacht.

Warte hier, sagte Niels und lief los, in Richtung des hintersten Hauses, wo er zusammen mit Vicki und seiner Mutter im dritten Stock wohnte, erst langsam, dann immer schneller, seine Schritte überschlugen sich, fast wäre er gefallen.

Ich ließ mich auf die niedrige Mauer plumpsen, die den Sandkasten begrenzte, versuchte die Taube mit dem Fuß zu verscheuchen. Auf einmal war ich sehr müde. Sie flatterte auf, landete wenige Meter entfernt, kam zurück. Ich versuchte es erneut, mit einem Steinchen dieses Mal, sie flog auf, landete wieder. Ihr Kopf ging unbeirrt vor und zurück, egal was ich tat, sie kam immer wieder.

Hier, Niels öffnete seine kleinen dreckigen Hände und präsentierte die Ausbeute seiner Tour: drei Zigaretten und ein kleines Fläschchen mit klarem Inhalt, der scharf im Rachen brannte und anschließend ein angenehmes Kribbeln zurückließ.

Willst du?, ich hielt Niels die brennende Zigarette hin. Er zögerte, nahm sie ungeschickt zwischen die Lippen, als wollte er sie am liebsten sofort wieder ausspucken. Es sah so grundfalsch aus, dass ich sie ihm schnell wieder abnahm.

Das ist nichts für dich, sagte ich, dafür bist du noch zu klein. Er wehrte sich nicht. Scharrte mit den Füßen im Sand. Seine Turnschuhe waren eine billige Fälschung mit vier Streifen anstatt drei. So dicht neben mir konnte ich seinen Schweiß riechen. Ich wusste, er wartete, und fühlte mich furchtbar.

Ich muss jetzt gehen, sagte ich, drückte die Kippe im

Sand aus, stand auf. Ein kurzer Schwindel ließ mich schwanken.

Schon?, fragte Niels und blinzelte gegen die Helligkeit an, die Sonne, die wie etwas Unwirkliches über uns schwebte.

Ja, tut mir leid. Dabei klopfte ich Sand von meinem Hintern.

Hat Spaß gemacht, sagte er. Und als ich ihn fragend ansah: Wir können ja bald wieder spielen. Wenn du willst …

Da begriff ich, dass es ihm nicht um meine Brüste, sondern um seine Einsamkeit ging, er wollte einen Gefährten, mich zur Komplizin.

Bestimmt, ich nickte, tschüss, Niels.

Tschüss.

In der Wohnung angekommen, lief ich auf den Balkon und spähte hinunter, ich musste um die Ecke sehen, mir den Hals verdrehen, um ihn ins Blickfeld zu bekommen. Da saß er, immer noch am selben Ort zwischen der leuchtend grünen Schippe und den verwachsenen Büschen, seltsam gekrümmt, und wirkte winzig.

Eine junge Frau lief unsere Straße ab, sie hatte eine Tasche aus Bast geschultert, die offenen dunklen Haare wippten gleichgültig auf ihrem Rücken, fingen das Licht als ein rötliches Schimmern ein. Sie trug Plateausandalen und einen weißen Rock, der ihr bis über die Knie reichte, im Gehen mitschwang. Sie bewegte ihr Becken, links, rechts. Mit guter Laune, das konnte ich sehen, obwohl ihr Gesicht verborgen war. Ich entspannte meine müden Augen und starrte jetzt in ein anderes, das mich unvermittelt aus der Scheibe heraus anglotzte, misstrauisch und unfreundlich, und das natürlich nur ich selbst sein konnte.

Wir waren dem Neutrum entkommen. Wir hatten die Mädchen, diese grammatikalisch mit dem Tier verwandte Kreatur ohne Geschlecht und Stimme, endgültig hinter uns gelassen.

Erst jetzt erkannte ich die Tasche, die Laila von meinen Eltern zum Geburtstag bekommen hatte.

Wir waren jetzt beide vierzehn Jahre alt, und ich kam mir schon ziemlich erwachsen vor, ließ alles stehen und liegen, um ihre Spur aufzunehmen. Als ich unten auf der Straße ankam, bog sie gerade um die Ecke. Sie hatte es offenbar eilig und kannte ihr Ziel. Mit langen geradlinigen Schritten näherte sie sich dem U-Bahnhof. Unter der Hochbahn gurrten Tauben. Als eine Bahn einfuhr, schlugen sie aufgeregt mit den Flügeln. Unten, am Boden, war alles vollgekackt. Es hatte keinen Sinn, irgendwas oder irgendwem auszuweichen. Auf dem Bahnsteig blieb Laila abrupt vor dem verspiegelten Häuschen stehen. Sie zupfte an ihren Haaren herum, ging näher heran, verunsichert von der, die ihr gegenübertrat. Sie wich zurück, und kurz dachte ich, ich sehe mich selbst. Deshalb ging ich schnell in Deckung. Die Anzeige blinkte, ein Zug rollte ein. Aus dem benachbarten Waggon versuchte ich zu sehen, wo sie ausstieg, durch dieses kleine Sichtfenster hindurch, das die einzelnen Waggons miteinander verbindet.

Sie saß auf der Bank, rechts und links von ihr ein freier Platz, ihre Tasche fest umklammert auf dem Schoß, und pulte an ihrem rot leuchtenden Ohrläppchen, drehte den Ring. Vermutlich fühlte sie sich unbeobachtet, aber ich sah diesen Jungen, den sie gleich treffen würde, ihr wie einen Geist bereits gegenübersitzen. Was würde er ihr erzählen? Dass er ihre Haare mochte, ihre Art zu gehen? Wie würde sie ihn ansehen? Was antworten? Das versuchte ich mir auszumalen, während ich Laila am Zoo durch die Menschenmenge folgte. An einem Kiosk blieb sie unschlüssig stehen, sah auf ihre Uhr, ging weiter. Es musste kurz nach fünf sein. Sie lief zielgerichtet auf einen NETTO zu, verschwand im Eingangsbereich. Ich blieb draußen stehen, bei den angeleinten Hunden, unter einer Art Vordach, auf das der Regen klopfte. Gerade erst hatte es begonnen zu nieseln, aber ich hatte Glück und wurde kaum nass.

Was ich nicht sah: Wie Laila einen dieser Jumbo-Einkaufswagen belud. Mit Pasta, Salat, Joghurt, Eiern. Mit Zahnpasta und Shampoo. Wie sie vor dem Regal mit den Kosmetikartikeln stand, kurz innehielt und dann im letzten Moment, im Weitergehen schon, doch noch nach einer Zahnbürste griff, zur Sicherheit. Wie sie auch eine

Zeitschrift einpackte, eines dieser Klatschblätter. Bei jedem Artikel rechnete sie, zählte im Kopf zusammen, wie viel Geld ihr noch blieb. Mit zwei oder drei Tüten trat sie wieder nach draußen, stellte sie kurz ab und richtete den Blick in den Himmel, bevor sie ihren Anorak bis unters Kinn schloss. Sie riss eine Packung mit sauren Schnüren auf, legte sich eine davon in den Mund und steckte den Rest weg. Im Bücken baumelte ihr die giftgrüne Schnur aus dem Mund. Sie hob an und setzte ihren Weg fort, ihre Füße in den Sandalen wurden nass. Die Tüten waren schwer. So schwer, dass die Plastikhenkel in die Hände einschneiden mussten. Vor einem einfachen, grau verputzten Wohnhaus blieb sie stehen, ließ das übrig gebliebene Ende der Schnur im Mund verschwinden und kramte nach etwas in ihrer Jackentasche, hielt inne. Sie fror. Eine ältere Dame mit beigen Gesundheitsschuhen trat aus der Tür, sie kannte Laila offenbar und grüßte verhalten; das ist sie also, wird die Alte gedacht haben, das ist also die Tochter.

Vielleicht hätte ich sehen können, wie im Moment der Begegnung die vorgegebene Freundlichkeit einer Scham weicht, die ihr wie eine gigantische Welle durch den Körper rollt, von unten nach oben, ihn ganz einnimmt und dann überm Kopf in sich selbst zusammenfällt, die stumme Tochter für Sekundenbruchteile darin ertränkt. Eine Laune, die nur vermeintlich gut ist, weil sie in fahrige Eile umschlägt, sie will, und sie will nicht, sobald die Tochter sich dem Kraftfeld des Hauses nähert, dieses merkwürdig allein stehende Haus, und schließlich in Panik mündet; wäre es möglich, dass sie eines Tages zu spät kommt? Zu spät für was? Die Jalousien sind verschlossen. Sie schüttelt den Gedanken ab, holt Luft, stößt den

Schlüssel ins Loch. Vielleicht wäre ich bereit gewesen, das alles mit eigenen Augen mit anzusehen, es zu bezeugen, wäre ich Laila tatsächlich bis hierhin gefolgt. In Wirklichkeit hatte ich bereits beim NETTO kehrtgemacht. Etwa eine Viertelstunde war vergangen, und während neben mir ein Hund nach dem anderen sein Herrchen oder Frauchen bellend empfing, andere große und kleine jaulende Hunde dazukamen, begann ich zu frieren. Das alles machte mich nervös: das Tönen der verlassenen Hunde, das Klicken ihrer Halsbänder, wie die Leine über den Boden schrappte, wenn einer von ihnen seinen Platz wechselte, um besser ins aufscheinende Innere sehen zu können.

Im Aufbruch hatte ich außerdem vergessen, eine Jacke überzuwerfen. Ich zog die Ärmel meines Pullis über die Fingerspitzen, klappte sie um und machte eine Faust. Es half nicht, nur kurz, und deshalb hielt ich die Arme über den Kopf und rannte so in Richtung der Station, von der ich gekommen war, machte an einem Zeitungsladen halt. Es roch nach nassem Papier. Ich kaufte Lakritz, Zigaretten und auch ein Feuerzeug, rauchte unter den S-Bahn-Bogen, wo sich gerade ein paar zwielichtige Gestalten in einem Rudel sammelten, um einen Einkaufswagen herumstanden, der mit Decken, Pappe und gerollten Gummimatten beladen war.

Ho, Kleines, rief eine mit belegter Stimme.

Mach ihr doch keine Angst, sagte eine andere, sie ist ein Kind. Und ich weiß noch, dass ich mich ihnen näherte, dort neben ihnen weiterrauchte, meine Finger wurden steif. Der Wind blies in den Durchgang, fasste nach uns. Es roch nach ihren nassen Schlafsäcken, vermengt mit Fast-Food-Geruch, altem Fett, und ausgeschwitztem Alkohol. In jenem Moment waren sie nur das, dieser Geruch und Stimme und Schatten. Tun als ob. Ich hatte keine Angst, weil ich sie mir nicht gestattete. Eine Unmöglichkeit. Umso überraschter war ich, dass es tatsächlich funktionierte, auch ohne Laila. Ich rauchte die ganze Zigarette bis zum Filter herunter, mir wurde nicht mehr schlecht, etwas Bitteres kratzte mir in der Lunge, ich warf den glimmenden Rest in eine Pfütze und trat zur Sicherheit nochmals drauf, dann lief ich ganz langsam bestimmt und pfeifend zur Station, an den Gestalten vorbei, und alles schien mir mit einem Mal einfacher, von der Last eines Körpers, der nur zufällig meiner war, befreit.

Hatte Ingrid wirklich geglaubt, ich hätte es wissen müssen?

Sie erwähnte es nur nebenbei, am Telefon, während Georg schon im Türrahmen stand und die Augen verdrehte. Wir waren seit zehn Minuten mit Freunden in einer Bar um die Ecke verabredet. Er hasste das. Ich saß in unserem Bett, inmitten der zerwühlten Laken im Schneidersitz. Wie ich dort sitze, die Haare noch nass, das Handtuch halb vom Kopf gerutscht, mein linkes Auge davon verdeckt, ich schloss auch das andere; im Inneren lockerte sich etwas, ein Gummiband, das viel zu lange zu sehr gespannt gewesen war, schnurrte zusammen.

Sie war Alkoholikerin, dieser Satz vervielfachte sich, nun, da er ausgesprochen worden war, pochte auf seine Existenz, unmöglich, ihn wieder zu vergessen.

Sie.

War.

Alkoholikerin.

Georg hatte die Arme über die Brust gelegt, seine Hände unter den Achseln eingeklemmt. Ich schob den Frotteeturban zurecht, um wieder freie Sicht zu haben. Vielleicht hätte ich nie davon erfahren. Ingrid hatte eigentlich von einer Kollegin erzählen wollen, die kürzlich suspendiert worden war, weshalb sie nun selbst mehr arbeiten musste. Was für ein Ärger das war, als hätte sie nicht selbst schon genug, in diesem stickigen Büro. Seit der Trennung von Götz arbeitete sie wieder Vollzeit für eine Versicherungsgesellschaft. Und jetzt auch noch für die andere mit, von morgens bis abends. Die Tragik von Süchten im Allgemeinen, sie sprach darüber wie über eine Serie, die sie letzte Woche im Vorabendprogramm gesehen hatte. Es würde nicht lange vorhalten, wusste sie, Entzugskliniken. Das tut es nie.

Im Kopf ging ich Möglichkeiten durch, wie ich das Gespräch schnell zu einem für beide Seiten befriedigenden Ende führen konnte, da war sie bei Lailas Mutter angelangt, dieser einen Klinik, wie hieß sie noch gleich, sie hat einen ziemlich guten Ruf, erinnerst du dich, Grunewald war das.

Wann?, fragte ich, weil es das Erste war, was mir einfiel, ich hätte auch jede andere W-Frage stellen können.

Ich hoffe, sie hat sich doch noch gefangen.

Wann?, wiederholte ich.

Weihnachten, in dem Jahr, als Laila bei uns war.

Es wurde sehr still am anderen Ende, du erinnerst dich doch noch an Laila?

Wir sprachen nie von ihr, mein überraschtes Lachen klang blockiert, irgendwas hatte dieser Satz versperrt, natürlich, quälte ich die Antwort hervor, natürlich weiß ich, wer Laila ist.

Georg stöhnte, tippte sich auf den Puls, eine Uhr, die zwar nur imaginär um sein Handgelenk verlief, aber trotzdem immer anzeigte, dass wir zu spät waren.

Wir haben sie damals in der Klinik besucht, weißt du das nicht mehr, Laila und ich.

Georg war nicht der Typ für Armbanduhren, er war dennoch stets pünktlich, keine Ahnung, wie er das schaffte. Er formte jetzt etwas mit den Lippen, mach schon oder so ähnlich, dabei weitete er angestrengt die Augen, seine Pupillen schwammen im vielen Weiß.

Was dachtest du denn, warum Laila zu uns kam, fragte

Ingrid. Sie klang ehrlich erstaunt. Stumm schüttelte ich den Kopf, in Georgs Richtung, ins Telefon, angesichts dieser ganzen Informationen, da drehte er sich einfach um und ging.

Ingrid, wir müssen jetzt los, wirklich. Georg stand schon im Flur, die Schuhe geschnürt. Er wich aus, als ich nach seiner Taille griff, Haut, Knochen, Fleisch, meine Arme darumwarf, etwas, um mich daran festhalten zu können, und fast wären wir beide so umgefallen, aber wie durch ein Wunder fanden wir eine Mitte, kamen in der Umarmung zum Stillstand.

Das ist nicht lustig, er befreite sich aus meinem Griff, du weißt, dass ich das hasse. Ich folgte ihm, schlüpfte in die Riemchensandalen. Im Treppenhaus legte er mir einen Arm um die Schulter, trotz allem, ich grub meinen Kopf in seine Achsel und spürte ein Ziehen im Bauch. Er blieb stehen, lachte.

Was ist?

Dein Handtuch.

Ich fasste danach, zog es langsam vom Kopf. Die nassen Strähnen saugten sich an meinem Hals fest. Eine plötzliche Kälte zog an den Schläfen, verengte mir die Sicht.

Sag mal, ist was passiert?

Einen Moment dachte ich wirklich darüber nach, ihm von Laila zu erzählen, überhaupt jemandem. Im Kopf hob ich an, aber alle Wörter, die ich finden konnte, um Laila und unsere Beziehung zu beschreiben, fühlten sich im Mund an wie alt gewordenes Kaugummi. Hart und fremd stießen sie an die Rückseite meiner Zähne, rollten über die Zunge, schwer wie Kiesel. Unsere Geschichte zu erzählen würde bedeuten, sie ein weiteres Mal zu verraten, ein Verrat, der damals vielleicht notwendig geworden war. Georg blieb stehen, hielt mich zurück und sah mich mit plötzlicher Hingabe an.

Nichts, sagte ich, alles ist gut. Und das war es ja auch, es war schließlich vorbei.

Als wir uns gerade kennengelernt hatten, stand ich morgens in seiner Wohnung. Sie hatte keine Vorhänge, also war das Licht um diese Uhrzeit prall und unbeschwert. An der sonst kahlen Wand ein Foto. Georg duschte in der Küche, wo er eine kleine graue Plastikschale als Kabine installiert hatte, die Türen zum Schlafzimmer standen weit offen, und ich deutete das als Bejahung einer Beziehung. Auf dem Bild waren vier Jungen zu sehen, Georg einer davon, zumindest sein ungefähr vierzehnjähriges Ich, schmaler und langhaariger als jetzt, die schwarzen Locken uferten in alle Richtungen aus. Man sah beinahe nur Köpfe, rote Nasenrücken, von denen sich schuppig die Haut pellte, weit geöffnete Münder, Chicago-Bulls-Basecaps, silbrige Zahnspangen, Pickel, Abenteuer im Rücken, mindestens eins. Anhand der Position der anderen im Bild, Georg hinten rechts, versuchte ich mir vorzustellen, wer er damals gewesen war, und ob ich heute etwas davon wiederfand; aber die Einheit dieser Gruppe war unauflöslich, wie ein fest gewebter Stoff, bei dem man die einzelnen Fäden mit bloßem Auge nicht mehr erkennen kann.

Es gibt Menschen, die hätten eins und eins zusammengezählt und sofort verstanden, was da vor sich ging. Sarah gehörte zu dieser Sorte Mensch. Sie wusste, wenn etwas faul war. Sie hätte einen säuerlichen Atem als ein Zeichen gelesen, weil sie immer auf der Suche nach Zeichen ist, die sie in einem größeren Zusammenhang betrachten kann. Damals sah ich Lailas Rücken vorm Fenster, und ich sah nicht wirklich hin. Heute weiß ich, dass ein Fenster nur einen Ausschnitt von etwas bildet. Vielleicht geht es nicht darum, etwas Bestimmtes zu zeigen, sondern darum, alles andere zu verbergen; eine dieser Wahrheiten, die man im Nachhinein zu verstehen glaubt, und ich gehe nicht so weit, mir einzubilden, es sei die einzig mögliche.

Heute sehe ich alles ganz klar vor mir. Wie Laila die stark überheizte kleine Wohnung im ersten Stock betritt. Im Flur liegt ein einzelner roter Lederhandschuh auf dem hellen Laminat, die Finger sind gespreizt, wie zu einer Warnung. Drum herum fliehen Staubmäuse aus ihren Ecken, als Laila darüber hinwegsteigt, sie stellt die Tüten ab. Auf der Kommode ruht der Helm. Sie schlüpft aus ihren nassen Sandalen, die eine Spur hinterlassen haben. Barfuß geht sie ins erste Zimmer, das im Dunkeln liegt, tastet sich behutsam zum Fenster vor, öffnet mit einem Band aus Plastikperlen die Jalousie. Draußen die Straße, die Häuser, die Laternen wie immer, als wäre nichts geschehen, als wäre das alles hier gar nicht passiert. Sie kippt eines der Fenster, es sind neue, mit Doppelglas, die gut isolieren, den Lärm fernhalten. Es stinkt. Was ist das? Wo kommt das her? Später: Laila am Herd, in einer neu gefliesten Küche. Wie sicher sie nach den Zutaten greift, dem Oregano in dem kleinen Gewürzregal neben der Spüle, wie sie den matten Schraubverschluss öffnet, ohne zu überlegen. Wie sie den Knoblauch hackt, ganz fein und in einem Affentempo. Wie sie die Wohnung auf Vordermann bringt, einmal staubsaugt und mit einem feuchten Lappen nachwischt, auch die Lache im Bad wegwischt. Dabei trägt sie keine Gummihandschuhe.

Es ist eine Mischung aus vielen Flüssigkeiten, die sich in einer Pfütze auf den Fliesen treffen, dem Rand der grünlich schimmernden Badewanne. Ich zoome an ihr Gesicht heran, das keine Regung zeigt, die Haut ist glatt und entspannt, weil sie sich Mühe gibt. Tun als ob. Eine einfache Regel: Wenn du so tust, als würdest du beten, fängst du irgendwann wirklich an zu glauben. Ist es nicht so? Tun als ob, damit der Ekel geht. Jemand muss es machen, wird sie sich gedacht haben. Es ist besser, wenn sie es tut als sonst jemand.

Sie ist schließlich ihre Tochter.

Nach dem Kochen wäscht sie ihr die fettigen Haare, in den Längen kleben kleine Bröckchen. Sie legt ihr eine Hand in den Nacken, um ihn zu stützen, wie bei einem Neugeborenen. Mit der anderen reibt sie einen Klacks von dem silbern glänzenden Shampoo auf die feuchte Kopfhaut. Es riecht herb nach Minze und nach noch etwas, das sie nicht errät. Erst jetzt sieht sie, dass sie ein Männershampoo gekauft hat. Mist, denkt sie, und dann: ach, egal. Ihre Mutter stört es nicht. Sie ist woanders. Irgendwo, wo sie es schöner hat. In ihren Mundwinkeln hat sich eine Kruste gebildet.

Mama?, fragt Laila.

Die lächelt, und im Lachen fallen ihr die Augen schon wieder zu, der Kopf wird schwer in Lailas Hand.

Lass mich schlafen, Schatz, ein bisschen, okay?

Ich sehe was, was du nicht siehst, sagte ich damals und suchte nach einer Farbe, die Laila direkt am Körper trug, nach einem violetten Stirnband oder einem blauen Ohrstecker, der blauer war als alles, was ich seit Langem gesehen hatte, blauer noch als das Meer, und die sie also unmöglich gleichzeitig sehen konnte. Das war mein Trick, ein lausiger, unredlicher, nur so holte ich Sieg um Sieg, und auf dem Weg vom Supermarkt nach Hause fiel es mir wieder ein. Ich kam in den Feierabendverkehr, ging in dieser triefenden Masse am Zoo verloren. Die Bahnen waren voll, und es roch nach nassen Fellen. Als ich ausstieg, hatte es aufgehört zu regnen, und ich weiß noch, wie ich den Kopf in den Nacken legte und hinter der Kirchturmspitze, im dunkelnden Abendhimmel, ein Rettungshubschrauber vorbeirauschte, viel zu tief, wie mir schien, zu nah. Vielleicht hörte ich das Brausen der Rotorblätter oder bildete es mir nur ein, sah es blinken, wie kleine zuckende Blitze. Das Zeichen einer höheren Macht, aus einer anderen Welt. Der Helikopter drehte am Kirchturm ab, legte die Kufen schräg und flog in Richtung Potsdamer Platz davon. Ich sah ihm nach, bis er klein war wie ein Vogel, ein exotisch leuchtendes Insekt, das in einer schwarzblau schattierten Landschaft versank. In der Ferne war es glühend schön.

Als ich später, viel zu spät, auf das Gespräch zurückkam und Ingrid fragte, warum sie mir nie von der Sucht erzählt hatte, weder sie noch Götz, und dem Klinikaufenthalt, meinte sie nur, es sei ja nicht so gewesen, dass Lailas Mutter mit ihnen wirklich darüber gesprochen hätte. Sie sagte: Es war einfach offensichtlich, okay. Man musste nicht darüber sprechen, man konnte es s e h e n.

Und was sah ich? An diesem Tag zum Beispiel, als Laila und ich im Geschäft aushalfen und für einen kurzen Moment hinterm Tresen standen, einer Art offenen Ladentheke, wo wir die Säfte ins Fach sortierten. War es Laila, die mit ihrem Fuß an etwas stieß, das klirrend in eine Reihe von Leergut krachte, hübsch aufgereiht?

Was ist das?, fragte ich. Sektflaschen, ohne Ende Sektflaschen, das konnte ich selbst sehen, natürlich, ich war ja nicht blind. Es wirkte, als habe hier vor Kurzem ein großes Fest stattgefunden. Laila bückte sich entschieden, knallte die Flasche zurück an ihren Platz, zu den anderen Flaschen, und sagte: Nichts ist das.

Mir kam es vor, als wären ihre Augen heller geworden. Etwas in ihrem Gesicht schloss sich. Sie setzte nach: Nichts, was uns interessiert, und also verschloss auch ich die Augen.

Wo sind wir, fragte ich.

Einen Scheißdreck.

Ich sagte: Hörst du die Muscheln, die aneinanderschlagen, wenn wir über den Strand gehen?

Hör auf, sagte Laila, halt einfach deinen Scheißmund.

Es gibt kein Haus, es wird nie ein Haus geben. Wir werden älter, und wenn wir alt genug sind, finden wir einen Mann und der macht uns ein Kind, und wir werden uns nicht mehr wiedererkennen, wenn wir uns zufällig auf der Straße begegnen, fertig.

Der Park ist immer in Bewegung, tags, auch nachts. Ich gerate in einen Strudel, wenn mir jemand entgegenkommt, der entfernt wie Laila aussieht, kippe aus dem Gleichgewicht dieser friedlichen Welt, über seinen imaginären Rand. Am Morgen ist es die Welt der Jogger, die die noch kühle Luft mit ihrem kontrollierten Keuchen durchschneiden, während blass die Sonne aufgeht und ihre langen Schatten auf den grauen Asphalt tippeln. Eine zierliche Frau in rotem Stretch springt auf einem der Trampoline, ihr schmaler Körper wirkt kinderleicht, dabei ist ihr Gesicht vor lauter Anstrengung wütend verzerrt. Gegen Mittag werden die Sportler von den Eltern abgelöst, die in den meisten Fällen Mütter sind, ich weiß, wovon ich spreche. Ich laufe hier jetzt jeden Tag meine Runden. Es sind Leute wie Georg und ich, und vielleicht rufen sie gerade deshalb ein Unwohlsein in mir wach. Sie schieben eifrig den Nachwuchs in immer kleiner werdenden Kreisen, in immer winzigeren Modellen von Kinderwagen über das Gelände. Sie kreisen umeinander, in sich selbst, graue Schatten unter den Augen, den Blick fest auf den Nachkommen gerichtet. Unsere nahe Zukunft, sagte Georg neulich beim Spazieren, er lachte, und ich dachte: noch.

Es sind die gleichen, die dann am Nachmittag die Schaukeln anstoßen, lässig mit einer Hand, während sie mit der anderen gestresst SMS tippen. Die ihren Kindern eine Hand reichen, noch bevor sie tatsächlich stolpern, ihnen zu den Spielgeräten folgen. Hier kann man sie nicht aus den Augen verlieren. Es dauert sehr lange, bis mir das klar wird, es gibt auf dem ganzen Gelände kaum Verstecke. Später tauchen Inseln von Jungs und Mädchen in engen Hosen auf, sie hocken mit angezogenen Beinen auf der Rückenlehne einer Bank, spucken neben sich in den Sand und nippen an mitgebrachtem Bier, oder sie sitzen auf den Stufen aus Holz, die Sonne versinkt, sie sitzen übereinandergestapelt, ein Rücken gerahmt von zwei Beinen und darüber noch ein Rücken mit Beinen und so weiter. Der Himmel ist jetzt fast violett, ein forscher Flaschensammler sondiert die Müllkübel, die vom Tag überquellen. Diese Nachtmenschen bleiben einfach sitzen, vielleicht aus Bequemlichkeit, um nicht aufstehen zu müssen, jemand packt eine Boom-Box aus, und sein Lied vermischt sich mit einem anderen Lied, das jemand wie nebenbei über sein Handy abspielt, zu einem einzigen stürmischen Rauschen.

Immer häufiger, wenn ich realisiere, dass niemand von ihnen Laila ist, frage ich mich, ob sie es am Ende doch noch bis ans Meer geschafft hat, weit weg von hier. Vielleicht sogar bis nach Izmir. Eines Morgens, stelle ich mir vor, während ich an den Rohbauten vorbeigehe und ein Betonmischer den Sand mit einem trockenen Klacken in der Trommel umherschmeißt, steht sie auf und lässt den Kaffee durchlaufen, wie sie es immer tut seit einiger Zeit. Seit sie wieder bei ihrer Mutter lebt. Der befüllte Kaffeefilter rastet ein. Klack. Sie atmet ein, hält die Luft an. *Man muss aufstehen, wenn man im Leben was erreichen will.* Sie holt zwei Keramik-Becher aus dem Küchenschrank, einen für ihre Mutter und einen für sich selbst, stellt sie auf die gewischte Anrichte. Dann atmet sie aus, geht ins Badezimmer, die zwei Meter, putzt sich sorgfältig, über das Becken gebeugt, die Zähne, wäscht sich den Mund aus.

Sie duscht.

Aus dem Abflusssieb klaubt sie ein Nest aus Haaren und spült es in der Toilette hinunter. Sie ist ganz leise, ganz bei sich, obwohl sie weiß, dass ihre Mutter sie gehört haben muss. Ihre Mutter, die noch im Bett liegt und auf den Wecker wartet, einfach liegen bleibt, um Laila nicht zu stören. Keine soll der anderen mehr im Weg stehen.

Laila hat sich nicht von ihr verabschiedet. Sie weiß es trotzdem. Weil sie damit rechnet. Jeden Morgen nach dem Aufstehen wundert sie sich darüber, dass ihre Tochter überhaupt immer noch da ist. Längst hat sie die Augen aufgeschlagen, schaut einen Moment zu lange auf die verschlossene Tür, ein dunkles Rechteck, vermutet das Naheliegende. Heute. Sie weint, ohne dabei einen Laut von sich zu geben. Der Duft nach frisch gebrühtem Kaffee zieht unter der Ritze durch, gleich springt der Wecker an. Dann erst wird sie aufstehen, der Kopf wird etwas schmerzen, aber es wird auszuhalten sein.

Es wird schon gehen. Sie wird sich einen Morgenmantel überwerfen und die Zimmertür öffnen, und niemand wird dahinterstehen. Nur diese dämlichen Kaffeebecher auf der Anrichte, einer ausgetrunken, der andere voll und heiß, ganz schwarz, so wie sie es mag.

Im Hof wucherte und blühte alles, die Schattierungen des Grüns waren satt und dunkel, das Draußen schloss auf, rückte uns auf den Leib. Es gab ein kleines Tor, das als direkter Durchgang in den Park gedient hatte, aber nun war es fast zugewachsen, und alle gingen außen herum, um sich nicht durch die Büsche schlagen zu müssen, wo immer wieder auch Schlafsäcke raschelten.

Im Hof fand ich die Gemeinschaft der anderen, jemand hatte billigen Rotwein in Tetrapaks mitgebracht, und so saßen wir in unserer Bucht auf dicken bunt bestickten Kissen mit winzigen Spiegel-Applikationen und ausgerollten Teppichen. Die Laternen im Park waren angegangen, und wir reichten den Karton herum.

Wie einen Heiligen Gral, scherzte Can. Wir nippten sehr erwachsen, bis auf Vicki, die vorgab, erkältet zu sein. Sie wirkte darüber selbst am unglücklichsten. Ach, Vicki. Seit der Sache mit Niels hatte ich das Gefühl, mich bei ihr entschuldigen zu müssen. Malvina biss Sami in die Hand, als er ihr den Wein abnehmen wollte. Sie nahm noch einen Schluck und wischte sich dann mit dem Handrücken über den Mund. Ich trank schnell einen großen Schluck und ohne Neugier. Die herbe Säure grub sich in die Oberfläche der Zunge, in die Mundhöhle hinein und hinterließ einen pelzigen Belag. Ich strich mit der Zungenspitze von außen über die Schneidezähne, sie waren glatt wie sonst auch. Jemand ließ eine Tüte Schoko-Rosinen rumgehen. Timo drehte einen Joint. Zum ersten Mal, dachte ich, würde ich dabei sein, wenn jemand kiffte, aber als er die Spitze anzündete, wurde mir klar, dass ich schon oft Gras gerochen hatte. Auf der Straße, im Vorübergehen. Eine maßlose Enttäuschung; so ging es mir mit vielem. Was vor wenigen Monaten noch eine Verheißung gewesen war, stellte sich als die simple Imitation der Erwachsenen heraus. Ihrer Spiele, die nur eine Variation unserer waren. Im Park grölte jemand. Kurz dachte ich an Laila.

Ich erzählte den anderen, ich hätte geschnüffelt und einen irren Trip gehabt. Von Laila, unserem Tanz, sagte ich nichts.

Wie bist du denn drauf, Malvina tat empört, aber ich sah ihre Bewunderung in der Art, wie sie mir ihr Gesicht fast vollständig zuwandte.

Heftig, sagte Timo, während er inhalierte. Rauch quoll aus seinem Mund, der Nase. Ich sog den süßen Geruch ein, der in meine Richtung zog, als wäre er nur für mich bestimmt. Timo konnte tanzen wie Michael Jackson. Er hatte etwas zu sagen, und er sagte, was er wollte, das imponierte uns. Auf Timo zu stehen, bewies guten Geschmack. Ich betrachtete sein Profil, die in der Mitte gescheitelten Haare, wie eine Rahmung seines Gesichts, die Strähnen in die Stirn gekämmt. Alles darin war schmal; die Nase, die Lippen, seine Augen. Um den Hals trug er ein feines goldenes Kettchen, das ihm seine Mutter zum Geburtstag geschenkt hatte, mit einem Kruzifix als Anhänger. Sami sprang direkt aus dem Sitzen auf.

Ein Feuer, rief er in eine unbestimmte Richtung, wir machen ein Lagerfeuer. Bevor wir reagieren konnten, war er losgelaufen. In etwas Entfernung, unter dem gedimmten Licht der Laterne aus dem Park, sah man seine gebückte Gestalt im Gebüsch, die vermutlich Holz sammelte.

Idiot, Timos Stimme krachte in die Stille. Wir schwiegen und warteten, was passieren würde. Etwas sirrte, vielleicht die Lampe, die wir aufgestellt hatten und die batteriebetrieben lief. Timo schlug mit der flachen Hand auf Cans bloß liegenden Unterschenkel, so dass es ordentlich klatschte.

Au. Empörung, die sofort wieder verstummte. Cans Beine waren von den juckenden Bissen schon ganz blutig gekratzt. Die Viecher stehen auf mich, hatte er gesagt, ich hab süßes Blut, seht ihr, und dabei Malvina angesehen. Das Schweigen wurde unangenehm, war nun getrübt von der Erwartung, es müsste etwas passieren.

Als Sami zurückkam, Äste und Laub im Arm, schwiegen wir noch immer. In seinem unaufhaltsamen Aktionismus begann er, die Stöckchen um das Laub aufzustellen; dazu riss er einen Teppich zur Seite, verschaffte sich Platz. Unsere Blicke lagen auf ihm, seinem schmächtigen Körper, der immer seltsam überspannt wirkte, nie wirklich zur Ruhe kam.

Wo ist das Feuerzeug?, fragte er. Er schien erst jetzt zu realisieren, dass wir ihm zugesehen hatten, so vertieft war er gewesen. Er verlagerte sein Gewicht zurück auf die Fersen, begutachtete sein Werk und nickte zufrieden.

Wer hat das Feuerzeug?, wiederholte er.

Niemand macht hier ein Feuer. Timos Stimme war ruhig und entschieden, nicht laut, nicht wütend. Wir anderen sahen zu Sami.

Gebt mir jetzt das Feuerzeug, scheiße, Mann. Er glaubte, wir wollten ihn verarschen. Oder vielleicht glaubte er es auch schon nicht mehr. Timos Beschluss hatte so unaufgeregt und überlegen geklungen, als habe er es nicht nötig, sich zu erklären.

Was los, Sami schüttelte trotzig den Kopf, unternahm

aber keinen weiteren Versuch und zog sich schmollend in eine Ecke zurück, den Unterarm über die Augen gelegt, als würde er schlafen.

Schemen, die in einer Milchglasscheibe aufblitzen. So sah in etwa die Welt der Erwachsenen für mich aus, als ich eingeschult wurde. Etwas passierte, und dann passierte etwas anderes, das vage damit verknüpft war, wobei ich nie wusste, wie genau. Susanne hatte bei uns angerufen. Ingrid war mit mir allein, deshalb nahm sie mich mit. Sie hatte keine andere Wahl, denn ich wollte sie nie gehen lassen.

Das erzählte sie immer und immer wieder, auch heute noch. Und manchmal frage ich mich, ob es sich dabei nicht um ein großes grundlegendes Missverständnis handelte. Bei ihr zu bleiben war das eine, an diesem Ort, den ich allein nicht verlassen konnte, etwas völlig anderes. Ich trödelte, Ingrid wurde wütend und packte mich am Arm, ihr heißer, aufgeregter Atem streifte mein Gesicht.

Sie hatte selbst Angst, und das machte es nicht besser.

Das Erste, was ich wahrnahm, war der Geruch von Feuer, winzige Flocken Asche wirbelten durch den Hausflur. Auf der Fußmatte lag ein zusammengeknülltes Stück Zeitungspapier, das an den Rändern schwarz war. Daneben ein Mann, der Timos Vater sein musste. Und er schien ziemlich betrunken zu sein oder unter dem Einfluss anderer Drogen zu stehen, denn er konnte sich allein nicht aufrichten. Seine Beine gaben immer wieder nach, er versuchte es aufs Neue, sie knickten weg wie Strohhalme, schließlich schmolz er zu diesem traurigen Klumpen, der verwundet brüllte: Du Schlampe.

Durch die verschlossene Tür: ich krieg dich noch, du Schlampe, komm da raus. Dabei schlug er mit den Knöcheln seiner Faust gegen das Grau des lackierten Holzes, bis die Haut aufplatzte und Blut heraustrat. Er war, das erfuhr ich viel später, Besitzer einer nahe gelegenen Bar. Der Boden dort war mit Sand aufgeschüttet, staubige Palmen aus Plastik standen in den Ecken. Es gab cremige Cocktails mit bunten Schirmchen darin, Männer mit Dreads und wesentlich ältere Frauen, die ihnen die Drinks bezahlten und wer weiß, was noch.

Wie Ingrid es gesagt hatte, hielt ich mich im Hintergrund. Er schien uns erst gar nicht zu bemerken.

Du Schlampe, rief er, immer wieder, komm da raus, du Schlampe. Irgendwo im Haus ging eine Tür. Niemand kam, um zu helfen. Die Treppenstufen unter meinem Hintern waren eiskalt, ich klammerte mich fest ans Geländer, eine einzige Aufgabe, die ich nicht vernachlässigen durfte. Keine Ahnung, wie sie es anstellte, aber am Ende ließ er von der Tür ab, hakte sich bei Ingrid unter, sie schwankten gemeinsam die Treppe hinab, Ingrid musste ihn halb tragen. Stufe für Stufe, auch an seinem Knöchel klebte getrocknetes Blut, aus der Haustür hinaus, auf die Straße.

Warte hier, rief Ingrid mir zu, als sie diesen Körper, der viel größer als sie selbst war, an mir vorbeiwuchtete, und ich weiß noch, dass ich kurz fürchtete, sie würde nicht zurückkommen, mich hier in der Asche sitzenlassen.

Susanne öffnete nach Ingrids Rückkehr mit roten Augen die Tür, eine Faust vor den offenen Mund gepresst.

Er ist weg, sagte Ingrid.

War er –?, etwas nahm ihr die Luft zum Atmen, sie keuchte.

Ich habe ihn in ein Taxi gesetzt, mach dir jetzt keine Sorgen. Ingrids Hand auf ihrem nackten Unterarm. Ein Zittern ging von dieser Berührung aus, das beide erfasste, sie ganz und gar gleich schwingen ließ. In der Küche setzte Ingrid Wasser auf, sie redete mit gedämpfter Stimme, ein Kocher sprudelte, so dass ich nichts von ihrem Gespräch verstand. Während ich selbst in Timos Zimmer auf dem kratzigen Teppich saß, sein Spielzeug begutachtete. Jede Menge Autos, in einer Schlange aneinandergereiht, die halb zusammengesteckte Carrera-Bahn zwischen Haufen aus Klamotten, Wachsmalstiften und Papier auf einem Stapel, obenauf ein leeres Blatt mit einem einzigen grünen Strich. Er selbst saß abwesend in einer Zimmerecke und bewegte sich nicht. Ich betrachtete meine Handinnenflächen, und diese Leere war unerträglich.

Hilflos begann ich die Carrera-Bahn fertig zu stecken. Es war eine Einladung: komm, spielen wir. Tun als ob. Der in einzelnen Schüben auftretende scharfe Geruch nach Ammoniak überraschte mich. Auf seiner Hose breitete sich ein Fleck aus. Timo, die Lippen aufeinandergepresst, rührte sich immer noch nicht. So lange, bis ich aufstand und in die Küche ging, weil ich verstanden hatte: es war das Einzige, was ich für ihn tun konnte.

Das alles konnte Sami nicht wissen. Sami, der immer noch beleidigt auf dem Rücken in der Ecke lag und dabei mit dem Knie wippte, wie eine aufgezogene Spieluhr, nur kurz stoppte, um dann wieder von Neuem zu beginnen. Von dem Wein fühlte ich mich leicht benommen. Auf meinem nackten Knie spürte ich Timos Hand, wie seine Wärme langsam in mich hineinkroch. Er nahm sie nicht weg. Und dann waren nur noch wir zwei übrig. Der Mond leuchtete gespenstisch, als hätte ihm jemand ein Laken übergeworfen. Timo hatte sich auf den Rücken gelegt, die Arme hinter dem Kopf verschränkt. Er roch nach Marzipan. Mein Fuß war eingeschlafen, aber ich wollte mich nicht aufrichten, hörte sein Atmen als ein leises Pfeifen, spürte seine Anwesenheit wie eine Umarmung.

Er drehte noch einen Joint, und dieses Mal nahm ich einen Zug. Kratzen in der Kehle.

Gut?, fragte er.

Ich nickte und zog noch einmal.

Stimmt das, dass du geschnüffelt hast?

Klar, sagte ich, und schließlich war es nicht gelogen. Das Licht neben uns flackerte. Ich starrte in den nachtdunklen Hof, der mir auf einmal nicht mehr unheimlich war. Früher hatte ich oft den Eindruck gehabt, er gehöre nur tags uns und nachts den anderen, irgendwelchen Gestalten, die uns ablösten, uns ähnlich waren, aber nur Schatten unserer selbst.

Timo fragte: Was ist mit ihr?

Ich lachte.

Er lachte nicht, sondern wiederholte: Was ist mit ihr, ich sah ihn an, mit Laila, meine ich.

Das plötzliche Auftauchen ihres Namens ließ mich nüchtern werden, erinnerte mich an ein Dasein außerhalb dieses Moments. Ich blinzelte. Die Objekte verschwammen vor meinen Augen, nur Timo blieb, wo er war, vor mir liegen. Ich spürte nichts, wo mein Fuß hätte sein sollen.

Hallo, jemand zu Hause? Timo grinste.

Warum, fragte ich, was soll mit ihr sein?

Sie ist komisch.

Sie ist Laila, antwortete ich.

Wir kicherten beide, unangenehm berührt, dann legte Timo seinen Kopf in meinen Schoß. Er sagte etwas Nettes zu mir, an das ich mich nicht genau erinnere, vielleicht, dass ich schöne Augen hätte oder er mein Lachen mochte, in jedem Fall etwas, das mich sicher werden ließ.

Hast du noch Kontakt zu deinem Vater? In dem Moment, in dem ich sie ausgesprochen hatte, wollte ich die Frage zurücknehmen.

Er ist ein Arschloch.

Schon gut, ich weiß, versuchte ich ihn zu beschwichtigen.

Woher willst du das denn wissen, er setzte sich auf. Alles, was an seinem Körper schön und entspannt gewesen war, verkantete sich. Natürlich, er musste ihn in Schutz nehmen.

Ich war dabei, sagte ich leise.

Wo warst du?

Es klang, als würde er mir drohen. Timos Stimme brach sich, er stieß einen Kiekser aus. Warum musste ich lachen, in genau diesem Moment?

Ich war da, sagte ich, als er den Brand legen wollte.

Nein.

Du brauchst ihn nicht zu verteidigen, es ist in Ordnung.

Du weißt gar nichts.

Ich war da, wiederholte ich, mutig geworden durch den Wein oder ich weiß nicht was, ich sagte bestimmt: Ich hatte auch eine Scheißangst vor ihm. Durch sein Gesicht, das ich im schwachen Licht zu lesen versuchte, geisterte etwas Fragendes. Und erst in diesem Moment, erst durch die Art, wie er mich ansah, verstand ich, dass er nicht kokettierte. Er erinnerte sich schlichtweg nicht. Oder er wollte sich nicht an mich erinnern, dachte ich, wie ich in seinem Kinderzimmer saß, während er sich in die Hose pisste, also hielt ich meine Klappe.

Ob Ingrid allein rübergegangen war und mir also erst später davon erzählte, fragte ich mich. Von dem Blut, dieses ganze Blut, Linn. Ob sie mir davon erzählte, so eindringlich, dass sich die Erzählung fälschlicherweise als Erfahrung in meinem Kinderkopf festsetzte. Ob sie nur Götz davon erzählte und ich sie heimlich belauschte und alles damit bedeutender wurde. Ob das möglich ist, sich in die Erinnerung eines anderen einschreiben, sie sich zu eigen machen?

Wie ein Foto, es besitzen.

Und ob es dann weniger wahr ist.

Das ist unmöglich, beharrte Timo an diesem Abend, der ein guter hätte werden können. Und ich sagte nichts. Von dem Gestank kalter Pisse, seiner Reglosigkeit oder dem, was folgte, einem Bild bloß, das lose an die Erinnerung geheftet war, mir aber immer folgerichtiger erschien mit der Zeit. Ich im Flur, er ist mit Teppich ausgelegt. Das Gefühl, man laufe auf unbefestigtem Grund. Wohin mit mir, ich weiß es nicht. Die Tür zur Küche steht offen, aber ich will nicht stören. Susanne steht an der Spüle, Strähnen dunkelblonder Locken fallen ihr in die Stirn. Ingrid steht vor ihr, sie sind beide gleich groß. Mama, flüstere ich, aber sie hört mich gar nicht, sie hat ihre Arme um Susannes Taille gelegt. Da ist immer noch dieses Zittern, auch wenn es nicht mehr sichtbar ist, das beide umgibt. Es berührt alles und bringt die Dinge in eine Unordnung. Dann, bilde ich mir ein, küsst Susanne Ingrid oder küsst Ingrid Susanne.

Als ich oben ankam, war es in der ganzen Wohnung dunkel und still. Ich lief ins Badezimmer, schloss erst die Tür und machte dann Licht. Meine Zähne putzte ich mehrmals hintereinander, um das taube Gefühl loszuwerden, mich stattdessen der Berührung zu entsinnen, sie festzuhalten.

Laila, sagte ich, als ich oben im Bett lag. Wenn ich nicht auf der Stelle jemandem davon erzählte, würde dieser Moment vorübergehen, was bedeutete, er wäre nie passiert. Wie sich Timos Kopf in meinem Schoß angefühlt hatte, wie ein müder Kater, der zu faul war, um aufzustehen.

Laila, rief ich in die Stille, ungewiss darüber, ob ich schon einmal gerufen hatte und wenn ja, wie oft. Ich sagte, ich war mit Timo zusammen, aber sie schlief fest. Mitten in der Nacht wachte ich auf, von einem schlimmen Durst heimgesucht. In meinem Kopf pochte es, als wäre darin ein wilder Traum gefangen. Möglichst leise versuchte ich, mich aus den Laken zu schälen, in die Küche zu schleichen. Auf halber Strecke fürchtete ich mich so sehr, dass ich umdrehte. Es war ganz still, als wäre ich die einzige Überlebende nach einer Katastrophe, das stellte ich mir zumindest vor. Als ich zurück in mein Bett steigen wollte, sah ich ihren Nachtschatten, meine Augen hatten sich nun an das Dunkel gewöhnt, wie sie sich sehr behutsam im Bett aufrichtete, die Augen immer noch geschlossen, aber mir zugewandt. Ihr Mund ging auf, als wollte sie etwas sagen.

Was ist, fragte ich, was siehst du?

Laila blieb stumm. Dann sank sie zurück in die Kissen, schlief weiter.

Nur wenige Tage später saßen wir alle zusammen in der Bucht, die kleinen Geschwister spielten abseits. Wir hatten ein Auge auf sie, ihre Kinderspiele, Murmeln stoßen oder Kaufladen spielen. Man hörte sie leise gewichtige Stimmen imitieren, als wären sie ihre eigenen Eltern, nur ernster. Sie sprachen dann eine Oktave tiefer: eine Gurke bitte und einen Weichspüler, ohne zu wissen, wozu man das überhaupt brauchte, Weichspüler, was das war. Wir hatten noch eine halbe Stunde, bevor die Ersten zum Essen gerufen würden. Die Sonne stand tief, es war immer noch warm. Timo schlug vor, wir könnten Flaschendrehen spielen. Ich starrte auf seine nackten braunen Unterarme. Das Haar darauf nur vage Andeutung, Flaum. Seine Hand auf meinem Knie, später der Kopf im Schoß, armer alter Kater.

Also: eine Flasche drehen.

Das hatten wir schon öfters getan, dabei musste Vicki Can auf den Mund küssen. Ich hätte Timo küssen wollen, wenn man mich gefragt hätte, aber so funktionierte das Spiel nicht. Wir legten Geld zusammen, Can und er liefen los, zum Kiosk an der Ecke, und kauften eine Flasche Fanta. Die Cola-Kracher, die er vom Restgeld kaufte und die er in der Hand gehalten hatte, waren weich und klebrig, das Braune drum herum vollständig abgelöst. Jeder bekam einen, nur Malvina bekam zwei Stück. Man konnte das zur Kenntnis nehmen oder auch nicht, niemand beschwerte sich. Ein flirrender Abend, wir waren taub vom Tag, der verschwenderischen Sonne, unserer verschworenen Gemeinschaft. Wir saugten und stießen dann mit den Zungenspitzen in unsere Zahnlücken, um die süße, die klebrige Masse, die wir hineingedrückt hatten, wieder loszuwerden. Dazu reichten wir die Flasche mit Limonade herum. Jeder einen Schluck. Can rülpste laut. Als sie endlich leer war, setzte Timo den Bauch der Flasche auf den Steinboden auf. Sie kullerte weg, war zu leicht, sie war ja aus Plastik. Wir nahmen einen Kiesel, schoben ihn durch die Öffnung, er war ein bisschen zu groß, Malvina musste ihn reinpressen, aber es funktionierte.

Mach schon, sagte Vicki ungeduldig. Auch sie hoffte,

von Timo geküsst zu werden, und so war das Erste, was ich sah, wie die Erwartung in ihrem Gesicht in Enttäuschung umschlug. Erst danach fühlte ich die Öffnung des Flaschenhalses an meinem nackten Knie, das harte Plastik, das weder warm noch kalt war.

Das zählt nicht, rief sie, du hast sie mit dem Knie gestoppt.

Doch, sagte Timo, das zählt.

Was ich nicht vergessen werde: sein Lachen. Es klang anders als sein normales Timo-Lachen und schien von weit her zu kommen, einem Ort außerhalb seines Körpers, aus der Hölle oder einem verdammten Porno. Ich stand an der Tischtennisplatte, die Beine gespreizt, fühlte die Kälte des Steins durch den dünnen Hosenstoff hindurch. Ich hatte keine Ahnung, wie man sich an einer Kante einen runterholt, und ich glaube, Timo in Wirklichkeit auch nicht. Ich stand dabei mit dem Rücken zu den anderen und auch zu den Balkonen; wenn dort jemand rauchte und mich sah, wollte ich es auf keinen Fall sehen müssen. Auf, ab. So bewegte ich mich. Wie er es gesagt hatte. Jemand kam, um zu überprüfen, ob ich nur so tat oder wirklich an der Kante stand. Näher, du musst näher herangehen! Und reiben, reiben, reiben. Sie fickt die Platte, hörte ich es in meinem Nacken johlen, o mein Gott, sie fickt die verdammte Tischtennisplatte!

Ich versuchte an etwas anderes zu denken, an einen Wald zum Beispiel, in dem nur ich Zuflucht suchte, ich sackte allein ins Moos, es war weich und satt wie ein Bett, und dann blieb ich so liegen, über mir fielen sich die Tannen in die Arme.

Okay, ihr Ärsche, das reicht jetzt, eine Hand packte mich entschlossen an der Schulter und riss sie nach hinten, ich verlor das Gleichgewicht, fiel, Laila fing mich auf.

Jetzt geht es doch erst richtig los, hörte ich Timos Stimme und, los, weitermachen, wie einen Befehl.

Reiben, reiben, reiben, sangen sie im Chor.

Du musst das hier nicht machen, flüsterte Laila, ihr Mund berührte dabei zaghaft mein Ohr.

Sie zog an meiner Hand. Über uns flogen Wolken hinweg, ein Wind war aufgekommen. Die Welt hatte sich verändert, es hätte doch aber schlimmer kommen können, dachte ich. Das Pfeifen war jetzt kein Pfeifen mehr, es hatte keinen Ursprung, keine Richtung, sondern war ein Ton, der in der Luft lag, alles auf diese Weise zusammenhielt, und ich atmete ihn ein.

Ich atmete ihn aus.

Du Spielverderberin, rief Timo hinter uns, verstehst du denn keinen Spaß, du blöde Fotze. Alle verstummten. Fotze war ein böses Wort. Ich wollte den Schatten dieses Moments gern woandershin tragen, aber ich war fern, außer mir, und sah von dort zu, mich immer weiter entfernend von diesem Mädchen neben der Tischtennisplatte, das Laila weglachte, ihr mit dem Ellenbogen einen Hieb in die Seite gab. Von dort oben hörte ich, wie das Mädchen unten sagte: Ist doch bloß Spaß, Mann. Immer musst du so ernst sein.

Und dieser Körper, den ich sah, kompakt und lebendig, der dehnte sich aus, er presste im Lachen ein Stöhnen hervor, auf und ab, stöhnte gegen dieses Schrillen an, immer schneller, dicht an der Kante. Sie fickt die Platte, fick sie, fick sie richtig durch. Malvina und Vicki lachten, die Münder weit aufgerissen, Vicki lachte am lautesten, so sehr, dass man den Bauch unter ihrem Top zittern sehen konnte, und ich lachte schließlich mit.

Es vergingen zwei Tage und zwei Nächte, und niemand von uns sagte ein Wort zur anderen, ich wich Lailas Blick aus. Wenn ich ins Bad ging, schob ich den Riegel vor, was ich sonst nicht tat. Laila war noch immer die Einzige, die sich im Bad einschloss. Einmal tränkte ich einen Waschlappen in kaltem Wasser und presste ihn gegen die Stelle. Sie schmerzte dumpf, hinter dem Venushügel pochte eine Verzweiflung. Daraufhin hob ich den Spiegel auf den Rand der Badewanne und versuchte zu sehen, ob etwas zu Schaden gekommen war, ich winkelte ein Bein an, aber die Stelle war zu geschwollen, um wirklich etwas zu erkennen.

Meine Scham, flüsterte ich meinem Spiegelbild zu, meine Scham, meine Scham, und hätte mich am liebsten darin verkrochen.

Ob das der Tag war, an dem ich es verstanden habe? Eine Fotze ist etwas, wo man was reinsteckt. Einen Schwanz, eine Tischtennisplatte oder sonst irgendwelchen Müll. Ob es einen Beschluss gab. Ob ich irgendwann beschlossen habe, Laila dafür zu hassen. Oder einfach irgendjemanden, und sie zu wählen, weil sie sich zufällig verfügbar machte. Nachts lag ich wach und hörte ihr gleichgültiges Atmen, gleichmäßig und friedlich. Sie hatte sich angewöhnt, mit Stöpseln in den Ohren einzuschlafen, dann lief die Kassette oft ungehört bis zum Ende durch. Auch nachdem der Walkman längst ausgegangen war, hörte ich es noch, dieses schleifende Geräusch vom Band, welches sich in meinem Kopf endlos um eine Spule wickelt. Und in diese Unendlichkeit hinein traten dumpf die quäkenden Stimmen von Erwachsenen, die Kinder imitieren.

Der Aufprall war unwahrscheinlich laut. Während es passierte, legte ich schützend eine Hand auf den Bauch und dachte, jetzt legst du also deine Hand auf den Bauch, so ein Reflex ist das. Nichts bewegte sich, das Kind war ruhig, vielleicht schlief es sogar. Im nächsten Moment sprang ich auf, lief ins Bad, von dort zurück in die schmale Küche, und fragte mich bereits, ob ich mir das Geräusch nur eingebildet hatte. Ich war immer noch nicht gut darin, innere und äußere Wahrheiten voneinander zu trennen, alles floss in meinem Hirn zusammen und tropfte unablässig zurück in die Welt, wie ein schwacher Regen, der im ersten Moment kaum als solcher zu erkennen ist, während er bereits neue Tatsachen schafft, den Boden, auf dem ich vormals sicher stand, nach und nach aufweicht. Georg war nicht zu Hause, also konnte ich schlichtweg niemanden fragen. Unschlüssig stand ich da, zwischen den Farbeimern, den angetrockneten Pinseln und Zeitungsfetzen, stieg kurzerhand barfuß in die wadenhohen Stiefel, weil sie die ersten Schuhe waren, die ich erwischte, schnappte mir dazu noch den Schlüsselring von der Kommode und eilte zum Fahrstuhl. Darin hing der Geruch eines schweren Frauenparfums, Vanille und Zeder, schon seit ein paar Tagen, und mit jedem weiteren verursachte er mehr Übelkeit.

Seit über einer Woche knallten Kohlmeisen gegen das Küchenfenster. Georg und ich hatten darüber gerätselt, was sie ausgerechnet bei uns suchten. Was wir hatten, das sie so unbedingt wollten. Georg war felsenfest davon überzeugt, dass es Kohlmeisen waren. Vor Jahren hatte ich davon gehört, dass Glas zahlenmäßig die größte vom Menschen geschaffene Todesursache für Vögel war, und fand das schwer zu glauben. Ausgerechnet Glas sollte von allen Umweltsünden am bedrohlichsten sein, einhundert Millionen tote Vögel pro Jahr. Was für eine unvorstellbare Zahl, ein Meer, ein ganzer Himmel aus gefiederten Leichen.

Unten angekommen, lag unsere Straße ruhig da, es war Samstag. Am Eck saß eine Handvoll Leute auf der besonnten Terrasse, die Wochenendeinkäufe in Stoffbeuteln zu den Füßen abgestellt, Cappuccino und O-Saft vor sich. Ein kleines Kind in matrosenähnlichem Anzug robbte, den eierförmigen Kopf nur knapp über dem Boden haltend, über die schwarzgrauen Holzplanken und freute sich gleichzeitig diebisch darüber. Mir schlug die Hitze entgegen wie eine Wand, ein großer undurchdringlicher Widerstand, aber nun, da ich hier war, musste ich es wenigstens versuchen.

Alle unsere Vermutungen stellten sich als falsch heraus. Das Problem war die Reflexion. Die Tiere sahen in dem Glas schlichtweg kein Hindernis, flogen mit Karacho hinein, weil es den Himmel spiegelte, eine Art Weite, oder vorgab, die Verlängerung einer Baumkrone zu sein. Bestimmte Arten sahen in ihrem eigenen Spiegelbild sogar den Feind, einen Nebenbuhler, attackierten ihn deshalb so kompromisslos, dass sie dabei nicht selten zu Tode kamen. Manchmal wurden sie aber auch einfach vom Licht angezogen, besonders in den dunklen Monaten, von Wärme, Futterquelle, Schutz. Wir mussten dringend etwas unternehmen, Georg und ich, damit unser Fenster nicht zum Bermudadreieck wurde. Silhouetten schwarzer Greifvögel aufkleben, wie es das Internet vorschlug, zum Beispiel. Ein Dilemma, denn obwohl man rasch Abhilfe schaffen konnte, bedeutete es doch immer, dem Glas seine reizvollste Eigenschaft zu nehmen, dann konnte man schließlich genauso gut eine weitere Mauer einziehen. Eine Frau mit großen tropfenförmigen Ohrringen, der das beige Leinenkleid um die Beine schwebte, wandte mir ihren Kopf zu, rutschte mit den Blicken an mir hinab, während sie einen Schluck von ihrem Milchkaffee nahm, und sah mir im Anschluss voller Sorge ins Gesicht. Stiefel bei 30 Grad. Wahrscheinlich dachte sie, ich wäre verwirrt. Schwangeren-Demenz. In diesem Zustand nahm einen wirklich niemand ernst. Dabei fühlte ich mich so klar wie lange nicht mehr, zum ersten Mal in der neuen Wohnung hatte ich komplett durchgeschlafen. Und so verschränkte ich die Arme vor der Brust, als könnte mich diese Haltung vor ihrem Misstrauen schützen.

Unwahrscheinlich, aber möglich: die Kohlmeise war nur verletzt, lag hier irgendwo im Unterholz. Dort stehend, suchte ich nach unserem Küchenfenster, wanderte mit dem Kinn Stock für Stock hoch, stieg in den Stiefeln über den Kirschlorbeer, suchte gründlich den Boden in einem Umkreis von mehreren Metern ab. Das Gras stand teilweise hoch, ich fuhr sachte mit einem abgebrochenen Stock dazwischen, in die knisternden Halme. Irgendwo ein Widerstand. Dort leuchtete ein Wasserschlauch, rot, wie das Haar der Frau vor ihrem Milchkaffee. In der Hocke sitzend musste ich kurz, aber sehr laut über mich selbst lachen, von der Straße musste es aussehen, als würde ich in den Vorgarten anderer Leute pinkeln, ich lachte über meinen idiotischen Aktionismus. Bist du jetzt unter die Tierretter gegangen, Linn. Aber da war nichts, was ich hätte retten können, außer mir selbst und damit auch das Kind, dieses unfertige Wesen, das in mir auf seine Existenz pochte, jeden Tag etwas entschlossener. Nun, da es hier war, musste ich für dieses Kind am Leben bleiben, so lang, wie es nur möglich war, bis zum bitteren Ende, das trotzdem noch lange vor seinem Ende wäre. Diese Einsicht traf mich so unvorbereitet, als hätte ich auf ein ganzes Pfefferkorn gebissen, das versehentlich ins Essen geraten war. Augenblicklich stiegen mir Tränen in die Augen. Hockte ich deshalb hier im Gras, unter meinem Küchenfenster?

Unwahrscheinlicher, aber immer noch im Rahmen des Möglichen: Die Kohlmeise hatte durch den Vogelschlag keinen Schaden genommen, war einfach abgeprallt und hatte benommen in anderer Richtung ihren Flug fortgesetzt. So musste es gewesen sein, ich drehte mich um.

In meinem Rücken lag der Park. Von hier konnte man gut die Kräne sehen, ihre Lastenzüge, die hypnotisch wie ein Pendel sachte von einer Seite zur anderen schwangen. Hinter der Böschung öffnete sich das Weite, sorgfältig ausgekleidet mit hellgrünem Rollrasen. Wenn man ganz genau hinsah, konnte man noch die Nähte der einzelnen Rechtecke als erdgleiche Lücken erkennen, die sich schon bald komplett schließen würden. In einiger Entfernung fuhren Autos über eine Brücke, kleine bunte Teilchen, in diesem stetigen Rauschen, das man irgendwann aufhört wahrzunehmen, wie Werbung, Hunde oder Zigarettenstummel, weil sie eine Selbstverständlichkeit erlangt haben, die größer ist als die eigene. Unter der Brücke verliefen die rostfarbenen Bahntrassen, und wenn man ihnen folgte, landete man ziemlich genau in weniger als einer Viertelstunde auf der Kurfürstenstraße. Seit ich das begriffen hatte, dachte ich immer öfter darüber nach, wie die Dinge heute für Laila aussehen mussten, anders gelagert natürlich, und welche Geschichte sie erzählte. Wenn sie überhaupt davon erzählte. Alles hat zwei Seiten, sagt man, aber dieser Park hier hatte mindestens vier.

Warum wir uns damit zufriedengaben, angeschaut zu werden. Warum wir nicht selbst mit einem Vergrößerungsglas irgendwo hineinglotzten. Damals fragte ich mich das nicht, stellte es mir aber immer häufiger vor; wie es sein musste, das Gewicht eines Fernrohrs in den Händen zu halten, oder besser noch, es selbst auszurichten, damit auf ein Objekt zu zielen. Stellte ich mir vor, wie es war, Laila von dort drüben aus dem Fenster zu betrachten? Vielleicht so: ihre schwebende Gestalt, wie gefangen in einem Bild. Auf diese Weise hielt ich sie fest, eingerahmt vom Fenster, die Miene entschlossen und doch fragend – *und wer bist du nun eigentlich?* Ich sah eine Laila, die mich sah, und fühlte mich bei etwas ertappt. Ich senkte beschämt den Blick, ließ ihn vor meinen Füßen über den Boden schleifen, wie ich es auch tat, wenn ich an den jungen Frauen und Mädchen vor der Commerzbank vorbeiging.

Nach der Sache mit der Tischtennisplatte fasste ich einen Entschluss. Wir wechselten die Straßenseite, ich, und dann war da noch Niels, der jetzt an meiner Hand hing und sich gehenließ.

Dürfen wir das hier denn, seine kleinen wachen Augen blinzelten besorgt gegen die Sonne, die tief stand, wir hatten viel zu lang getrödelt. Natürlich nicht, das wusste er. Warum folgte er mir trotzdem? Unsere Seite der Straße lag schon im Schatten, nur die Spitze der Linde ragte ins Licht, jagte ihre prallen Propeller-Samen durch die feuchte Luft. Es roch nach Abgasen, angedickter Sommerluft, ich kratzte an meinen Mückenstichen und fühlte mich auf eine unbestimmte Art abenteuerlich.

Sowieso, sagte ich, versuchte es, wie Laila klingen zu lassen. *Klipp. Klapp.* Aber es gelang mir nicht, ich war zu nervös.

Mit dem Zeigefinger fuhr ich die Klingelschilder ab, klopfte mit dem Nagel ein paarmal an das Hartplastik, während Niels in meinem Rücken einen Hund betrachtete, ein kleines aufgeplustertes Ding ohne Augen, das ihn seine Angst auf einen Schlag hatte vergessen lassen, weil es aussah wie ein Hund aus einer Serie, die er gern hatte.

Ich habe auch mal an einen Baum gepinkelt, sagte er aus heiterem Himmel.

Ich fuhr herum, angeekelt: Und warum solltest du das tun?

Der Hund wurde weitergezerrt, eine ältere Frau mit unterschiedlich dicken Waden ging forsch voran.

Niels hob die Schultern: Weil Gürteltiere eher nicht ins Klo pinkeln, oder?

Bist du etwa ein Gürteltier?

Ich habe mir alle Gürtel von Papa auf einmal um den Bauch geschnallt, damals, deshalb war ich doch ein Gürteltier. Seine Stimme war fest, aber in seinen Augen blitzte Verwundbarkeit auf. Bitte, schienen sie zu sagen, bitte lass mir diese Geschichte. Es erstaunte mich, wie wenige Jahre zwischen uns lagen und wie viel mehr er ein Kind war. Er hielt mich auf eine verrückte Art für erwachsen, das verstand ich jetzt, nur deshalb vertraute er mir blind. Nickend wandte ich mich wieder der Arbeit zu, ich durfte mich jetzt nicht aus dem Konzept bringen lassen. Es gab einen Plan, daran hielt ich fest, und Niels war nur da, weil ich mich allein niemals getraut hätte. In diesem Moment drückte ich auf das Schild, ein Vogel im Baum hinter mir – auch eine Linde – flog auf, eine Autotür wurde hart zugeschlagen, nichts passierte. Ich schwitzte, klingelte nochmals, tastete in meinem Kapuzenpullover die Kanten der Zigarettenschachtel ab, die ich jetzt immer mit mir herumtrug. Die Zigaretten gaben mir ein gutes Gefühl, etwas, das ich vor allen verbergen konnte. Ich rauchte sie nicht, auf diese Weise konnte ich sie besitzen, was noch viel besser war. Mit einem plötzlichen Ruck ging die Haustür auf, aber es war kein Summer im Spiel, jemand trat von drinnen nach draußen, eine Mutter mit einem kleinen blonden Kind an der Hand. Misstrauisch beäugte sie uns. Zum ersten Mal betrachtete ich unsere Paarung von außen, eine schwitzende Jugendliche mit kurzen blonden Haaren, die im Hochsommer einen Hoodie trug, dazu ein schlaffes, blasses Kind im Schlepptau.

Kommst du?, rief ich Niels zu, bemüht um einen selbstbewussten Ton, und schnappte nach der Tür, bevor sie ins Schloss fiel.

Was stellte ich mir noch vor? Wie wir da im Fenster tanzten. Ich sah Laila, und ich sah uns beide zusammen, aber ich sah niemals nur mich allein.

Ich wusste, dass ich gelogen hatte.

Es gab keinen Jungen. Vielleicht gab es nicht einmal das Fernrohr.

Trotzdem hielt ich es für möglich. Wenn man sich Dinge lange genug vorstellt, bekommen sie ihre eigene Wahrheit. Sie werden wahr, egal, was wirklich geschehen ist.

Als niemand öffnete, auch nicht nach fünf Minuten, klingelte ich an der gegenüberliegenden Tür. Sie ging auf, als hätte dahinter jemand auf uns gewartet.

Welcher Name, sagte die Frau. Sie trug bunte Leggins, war vielleicht so alt wie meine Mutter. Aus der Wohnung roch es nach Räucherstäbchen, Gras und verbranntem Toast, eine dichte Wand aus Gerüchen, die sich an mir vorbeischob und ins Treppenhaus vorrückte.

Sie war mir in der Straße noch nie aufgefallen.

Ich sagte nichts.

Okay. Welches Paket? Lustlos zeigte sie auf eine Reihe Kartons, die ihren Flur entlanglief, es mussten mindestens zwölf sein, große und kleine, flache, unförmige, quadratische.

Eigentlich suche ich jemanden. Niels' Körper war dicht hinter mir, wie ein Schatten, ich dachte an Lailas Mutter, ihre knirschende Rüstung, roten Lippenstift.

Auf mein Schweigen hin hob die Frau nun fragend ihre linke Braue.

Wer wohnt da, ich deutete auf die gegenüberliegende Tür.

Sucht ihr etwa eine Wohnung?

Wir suchen jemanden, nicht etwas, sagte Niels bestimmt, das haben wir ja schon gesagt.

Ich suche den, der dort wohnt, ergänzte ich.

Sie sah aus, als hätte sie Mitleid.

Die wird saniert, und dann könnt ihr euch die bestimmt nicht mehr leisten.

Planiert, wiederholte Niels.

Saniert, sagte ich, das bedeutet, dass die Wohnung renoviert wird, neu verputzt, gestrichen und so.

Eigentlich ist die einfach leer, sagte die Frau, tut mir echt leid.

Vielleicht glaubte sie ernsthaft, wir wären Geschwister und unsere Eltern hätten uns vorgeschickt, um freie Wohnungen auszukundschaften. An einer Stelle der Tür waren Spuren von Kleber, als hätte jemand von dort erst kürzlich einen Sticker abgelöst, bloß welchen? Ich schwitzte noch mehr in meine Jacke, konnte mich selbst riechen.

Sie machte einen Schritt zurück in die Wohnung, ließ aber die Tür offen stehen.

Der Geruch schnürte mir die Luft ab, ich wollte gehen. Schnell gehen, tat also auch einen Schritt.

Die hat gelogen, sagte Niels, als die Haustür hinter uns zufiel. Jemand trug einen kaputten Fernseher an uns vorbei.

Ich wiegte mich von einem Bein aufs andere.

Und noch mal, er sagte: Jemand hat hier gelogen.

Er war ziemlich klug, dieser Niels.

Da war die Straße, die Linde.

Da war ich. Und ich fühlte mich ganz schön einsam, unter diesem riesigen Baum, in dieser klebrigen Straße, einer Stadt, die meine war, obwohl Niels direkt neben mir stand, mich von schräg unten ansah.

Zuerst begann der Müll zu stinken, von einem auf den anderen Tag waren die Temperaturen auf über dreißig Grad gestiegen. Niemand kam, um ihn abzuholen, und wir verloren allmählich die Geduld. Neben der Vorrichtung aus Beton für die Tonnen stapelten sich prall gefüllte schwarze Plastiksäcke, die am oberen Ende mit bunten Bändchen zugeschnürt waren. Darin hätte ein Mensch Platz gehabt. Jemand von uns stach sie auf, einen nach dem anderen, wie einfach das war, zack, und alles quoll heraus auf die Steinplatten.

Der saure Geruch nach faulendem Obst und Gemüse, wie Erbrochenes. Süß und schneidend. Er verteilte sich rasend schnell in jeden Winkel des Hofs. Im Sandkasten lag eine ausgelutschte Hälfte einer Saftorange, die jemand dort hingepfeffert hatte, über den Stein wirbelten bunte Bonbonpapiere. Wir bewarfen uns mit dem, was wir finden konnten.

Was für eine Schweinerei, dieser ganze Dreck, sagte Götz, der weiterhin Abend für Abend nach Sonnenuntergang seine Beete wässerte. Er wässerte seine Beete und versuchte, den Rest zu ignorieren. Vielleicht rief er auch bei der Stadt an, ich erinnere mich wirklich nicht. Nur an den Weg, die Straße hinunter, immer wieder, viele aufeinanderfolgende Tage, die sich später zu einer Strecke geglättet haben. Wir liefen zum Kiosk, kauften Wassereis und liefen zurück. Das Plastik ließen wir zu Boden fallen. Damit vertrieben wir uns die langen Tage bis zu dem Moment, als etwas umkippte, wie der Tümpel, der zu lange der prallen Sonne ausgesetzt war, weshalb plötzlich die Fische mit dem Bauch nach oben auf der Oberfläche trieben.

Kinder, Kinder.

Nach Timos Tritten gegen die Gefriertruhe weigerte sich der Kioskmann schlichtweg, uns Wassereis zu verkaufen, kein rotes und auch sonst kein Eis, nicht aus Boshaftigkeit, denke ich heute, sondern um diesen Kindern, die wir in seinen Augen vielleicht wirklich waren, Grenzen zu setzen, wenn es sonst niemand tat. Vor dem Laden holte Timo Rotz hoch, von ganz tief unten, spuckte ihn auf den Bürgersteig, unter den aufgefalteten Schirm, in seinen auf den Boden gedrückten Schatten. Wir lachten, liefen weg, bis auf Timo, der sich sehr langsam, nicht in Zeitlupe, sondern bereits jetzt außerhalb jeder Vorstellung und aller Gesetze bewegte, sich davon Schritt für Schritt weiter entfernte. Es hätte jeden treffen können. Das denke ich heute, und dass Timo auf diese Weise gewalttätig war, hat niemand ahnen können. Vielleicht habe ich mir deshalb nichts dabei gedacht, als ich rief:

Da ist sie ja, da ist Laila.

Die Frage ist nicht, ob ich dabei war. Ob ich gesehen habe, wie Timo sie in den dunklen Raum stößt, der zum Keller gehört. Ob ich ihre Ungläubigkeit sehe und die Frage höre, die sie ruhig an ihn richtet: warum. Ruhig, weil sie sich nicht vorstellen kann, was folgen wird. Weil sich das niemand von uns vorstellen kann. Weil wir einfach nur dastehen, bis es zu spät ist, in dieser Unzulänglichkeit, ich im Schatten der anderen. Die Augen, die sich langsam an die Dunkelheit gewöhnen, tasten den Raum nach Gegenständen ab, Ankerpunkte: Fahrräder ohne

Reifen, Säcke aus Plastik, auf einem Haufen, wie einfach hingeworfen, gestapelte Kartons und Möbel, ein Schrank, allerlei Unrat am Boden, ein niedriger Tisch, ein Puppenhaus, ich entdecke auch meinen alten Schreibtischstuhl links in der Ecke, mit dem abgewetzten Polster. Ich hatte mir zum letzten Geburtstag einen neuen gewünscht, weil dieser mir mit seinem bunten Papageien-Bezug auf einen Schlag zu kindlich erschienen war.

Hat jemand mal Feuer?, fragte Timo, da gab ich ihm die Schachtel mit dem Feuerzeug darin.

Sie kann seine Augen nicht sehen, nur die Umrisse im Gegenlicht, das durch den Türspalt fällt. Sie hört seinem Schweigen zu. Die feuchte Kellerluft macht das Atmen schwer, drückt von außen den Brustkorb flach zusammen. Sie versucht nicht zu entkommen, er nimmt das Feuerzeug, die Zigarette.

Die Frage ist nicht, ob ich dabei war. Ob ich gesehen habe, wie Timo das glühende Ende der Zigarette an Lailas Handgelenk drückt, noch ängstlich, selbst kurz zurückweicht, als sie einen Schritt zurücktut. Dann umso rabiater vorgeht, ihren Arm verdreht, bis sie aufschreit. Ob ich diesen Geruch wahrnehme und mich abrupt wegdrehen muss. So tun, als würde ein Insekt an meinem Bein hochkrabbeln, ein Weberknecht vielleicht, damit die anderen meinen Ekel nicht bemerken. Vor mir selbst und dem Gestank. Außerdem ist da die Furcht wie ein unsichtbares, starres Tuch auf meinem Gesicht, das jede Bewegung unmöglich macht, sie einfriert. An meiner Seite die anderen. Ihr Beistand ist tröstend, ein Netz der Zugehörigkeit. Vickis Atem ganz dicht an meinem Ohr, sonst ist es still.

Natürlich, hier stehen wir, und da drüben, da bist du.

Wir sehen dich an, Laila, da stehst du, aber du siehst uns nicht. Wir sehen, wie Timo dich in den Keller stößt, tiefer noch. Wie du trotz allem zu glauben scheinst, dies alles hier wäre ein großer Irrtum, ein Fehler, den du aufklären kannst.

Was willst du?

Deine Stimme ist brüchig. Du hältst den verletzten Arm ausgestreckt, weit von dir, spreizt ihn ab, als gehöre er ab jetzt nicht mehr dazu. Und schließlich sehen wir, wie der Mut deinen Körper verlässt. Dein schlichtes: Bitte. Drängeln an der Tür, die Gesichter der anderen im Dunkeln, draußen scheint die Sonne, wärmt die Steine, warum auch nicht, gleichgültig über das, was unter ihr geschieht.

Laila, die aufgegeben hat.

Ob ich dazu in der Lage gewesen wäre. Ob ich dem hätte standhalten können. Ob meine Wut groß genug gewesen wäre, hätte Malvina mich nicht zurückgestoßen. Meine feuchtkalte Hand, die nach ihrer greift, nach irgendeiner Hand, die zufällig da ist.

Lass das, zischte sie und stieß mich zurück, mit einer Wucht, die mich zu Boden warf. Ich stolperte rückwärts, fiel zu Boden und saß allein, im Rücken der anderen. Vor mir ihre nackten Beine. Kniekehlen, Waden, Schenkel, eine abstruse Landschaft. Ich wandte mich ab. Wie das Sonnenlicht ganz plötzlich mein Gesicht flutete. Mich in eine andere Realität katapultierte.

Wir stehen am Meer.

Sieht so also das Schwarze Meer aus?

Ich weiß es nicht, immer noch nicht. Und wir warten auf etwas, wobei ich nicht weiß, auf was genau. Laila trägt einen Hut mit breiter Krempe und ihren Badeanzug mit diesen lächerlichen Rüschen am Bauch, wie auf dem Foto, wir sind keine Kinder mehr. Vielleicht sind wir jetzt erwachsen. Der Strand ist leuchtend weiß und leer, obwohl überall Stimmen sind. Sie ziehen in Schwärmen über den flirrenden Sand Richtung Wasser. Es ist sehr laut, kaum auszuhalten eigentlich. Wir halten uns gut aneinander fest, den Blick auf einen Punkt über dem Horizont gerichtet, auf eine Möwe vielleicht, die ziemlich heftig hin und her geworfen wird im Wind. Mehr, als man glauben könnte, dass sie es vertragen kann. Aber immer dann, wenn man denkt, jetzt fällt sie wirklich, wird sie wieder aufgefangen und segelt weiter. Dann läuft sie los. Laila läuft einfach so, ohne Vorwarnung, mitten in die Fluten hinein, die Wellen schlagen ihr um die Waden, oben auf dem Wasser türmt sich weißer Schaum. Es stört mich, weil sie nass wird und es doch ziemlich kalt ist, auch wenn ich weiß, dass das natürlich nicht wirklich passiert.

Ob ich etwas gerufen habe?

Ich verstand kaum mein eigenes Wort.

Und dann hänge ich da in den Wellen, ohne jede Vorwarnung, sie sind eiskalt, und sehe Laila am Strand stehen. Das Wasser klatscht mir ins Gesicht, reißt an meinen Haaren. Ich erkenne sie am Hut, denn sie ist ziemlich weit weg, ihr Gesicht unter der Krempe verborgen. Etwas knallt, eine Tür fällt zu, und ich finde mich mit der Idee ab, dass ich hier jetzt so treibe und wohl irgendwann untergehen werde.

Sekunden, die an mir vorbeiziehen. Möglichkeiten. Sie sind mir vertraut. Stammen diese Bilder aus der Situation selbst, oder habe ich sie im Nachhinein in die Erinnerung montiert, wie ein Voice-over darübergelegt? Jemand schloss die Tür ab. Dann die Rufe der anderen, aus weiter Ferne drangen sie zu mir vor, in mich hinein, die ich immer noch am Boden saß. Dann das Trommeln. Ein rhythmisches Schlagen von Fäusten, von innen gegen die Tür. Es hätte auch ein Kopf sein können.

Lailas schöner Kopf.

Da stand ich auf und ging.

Wie ein lahmendes Tierchen, das sich von der Gruppe zurückzieht, um seine Wunden zu lecken, hatte ich mich verkrochen. Oben am Holzturm, in dem Glauben, ich könnte so davonkommen. Laila war schon immer die Mutigere von uns beiden gewesen. Ich hätte gebetet, wenn ich gewusst hätte, wie und zu wem.

Dort oben blieb ich sitzen, bis die anderen die Kellertreppe hochstiegen, nacheinander ihre Köpfe auftauchten, die Augen zusammenkniffen. Das Licht überraschte sie, wie es auch mich zuvor geblendet hatte. Dann ihre Körper, japsend. Als tauchten sie aus einem tiefen Gewässer auf. Sie liefen orientierungslos ineinander, verknäulten und schlugen sich gegenseitig ausgelassen auf Schultern und Rücken. Ein einziger ungeheuerlicher Körper, der sich in den hinteren Teil des Gartens schob, schließlich in der sichtgeschützten Bucht versank. Ich blieb oben sitzen, von der Brüstung verborgen. Habe ich mich davor gefürchtet, unten Laila zu begegnen? Ja, aber noch viel mehr als das fürchtete ich, ihr nicht zu begegnen. Das morsche Holz, auf dem sich die Moosflechte ausbreitete. Ein Splitter hatte sich beim Hinaufklettern unter die Haut geschoben. Die Zeit setzte aus. Stattdessen saß ich in einem Vakuum, dem leeren Dahinplätschern einer Unveränderlichkeit. Was hatte ich unternommen? Damals dachte ich nichts und fror, obwohl es immer noch über dreißig Grad sein musste, die Kiefer aufeinandergepresst und seltsam starr. Wie viel Zeit vergangen war, bis ich mich wieder bewegen konnte und die Leiter hinabstieg, beim ersten Versuch beinahe in die Tiefe fiel. Es war ganz still, die Büsche und Sträucher und Tauben bewegten sich nicht. Selbst die Wolken blieben, wo sie waren, an ihrem Platz wie angeklebt. Ich näherte mich dem Keller, stieg die Treppen hinunter und lauschte. Ich war auf alles vorbereitet. Im Fernsehen hatte ich viele Leichen gesehen. Der Schlüssel rasselte ins Schloss, viel zu laut, ich drehte einmal, zweimal, stieß die Tür mit dem Fuß auf, wartete. Sie war weder tot noch lebendig. Da war nichts, wo Laila hätte sein sollen. Ich rief nach ihr, laut und ausdauernd.

Laila.

Es verging so viel Zeit, vielleicht wurde es schon dunkel. Sie musste sich irgendwo versteckt haben, dachte ich, rief noch einmal, setzte mich dabei vor die Tür, auf die unterste Stufe. Der Himmel änderte mehrmals seine Farbe, lief erst fleischig rosa, dann rot an, färbte sich violett und schließlich dunkelblau. Aus dem Park drangen tiefe Stimmen, jemand rief nach seinem Hund, ich hatte aufgehört zu rufen, starrte jetzt ins Dunkel, ohne Absicht, saß dort, weil ich mich irgendwann dort hingesetzt hatte.

Später stieg ich die Treppen hoch, diese ganzen Treppen. Ich machte kein Licht. Lief vorbei an der Agave, die ihre scharfen Spitzen nach mir ausstreckte. Blieb mit meinem Hoodie daran hängen. Befreite mich. Wanderte weiter, unter den Fingerkuppen die aufgeraute Wand. Götz öffnete, noch bevor ich aufschließen konnte.
  Ich war auf alles gefasst.

Zu meinem Erstaunen passierte nichts von dem, was ich mir ausgemalt hatte. Er machte nur einen albern gemeinten Kommentar: Ganz schön spät geworden, Fräulein.

An meinem Blick musste er etwas festgestellt haben, denn er legte seinen Arm um mich, auf mein rechtes Schulterblatt, schob mich so sachte in den Wohnungsflur. Die Tür zum Elternschlafzimmer war geschlossen, Ingrid also bereits im Bett.

Es musste nach elf Uhr sein.

Na komm, sagte er.

Ich schluckte die Tränen herunter, die mir heiß hinter den Augäpfeln brannten. Wie gerne hätte ich alles gestanden, wenn mich jemand danach gefragt hätte, wo ich die ganzen Stunden gewesen war. Jetzt aber ließ ich mich, gelenkt von Götz' Hand, ins Bad schieben. Griff nach der grünen Zahnbürste, drückte Zahnpasta darauf. Der Geschmack von Pfefferminz und Menthol. Putzte. Spuckte. Spülte. Wusch mein Gesicht mit kaltem Wasser, cremte es sorgfältig ein. Handgriffe, die ich unzählige Male ausgeführt hatte und die mir jetzt fremd waren. Das Herunterdrücken des metallenen Türgriffs. Das Hochsteigen der Leiter. Liegen. Einfach stillhalten. Natürlich konnte ich nicht schlafen. Laila, flüsterte ich, aber das, was ich für ihren Körper gehalten hatte, war nur ihre Decke, seltsam verdreht. Am Morgen wachte ich in ihrem Bett auf. Sie hatte ein paar Kleider ausgeräumt, und ihr Rucksack fehlte.

Das Feuer war bereits gelöscht gewesen, als ich nach Hause kam, von meiner Tour ziemlich erschöpft, und da standen in unserer schmalen Straße, unter den Linden, diese vier Einsatzfahrzeuge. Sie warfen gut sichtbar ihr klares blaues Licht an die Häuserfassade, obwohl es noch hell war. In der Luft lag der scharfe Geruch nach geschmolzenem Plastik. Ich faltete die Hände in meinem Rücken, hielt mich daran fest. Im Hausflur wurde ich von der Katze der Bardellis überrascht, sie streifte um meine Waden und verschwand kurz darauf unter einem Essigbaum in den hohen Gräsern beim Zaun.

In der Mitte des Hofs lag die Matratze. Sie hatte schnell Feuer gefangen, sagten die Nachbarn. Zum Glück war es feucht gewesen, unten im Keller, so dass die Flammen nicht schnell genug hatten um sich greifen können, und zum Glück war da Herr Bardelli gewesen, auf seiner Couch im Wohnzimmer, der wie durch eine Art sechster Sinn das Feuer wahrgenommen hatte, bevor es den Keller überhaupt verlassen konnte. Zum Glück, sagten die Nachbarn, habe der irre Junkie nicht mehr Schaden angerichtet, Hauptsache, sie finden ihn, beschworen sie die Polizistin, damit er nicht noch mehr Menschen in Gefahr bringt.

Die Nachbarn sprachen von *dem Junkie*, als gäbe es nur einen. Die junge Polizistin nannte den Täter drogenabhängig. Gemeingefährlich, korrigierten die Eltern sie und warfen schützend ihre schwitzenden Arme um uns. Auf einmal fanden alle zusammen, Eltern und Kinder, selbst Haustiere, versammelten sich im Garten als Traube, wie auf dem Pausenhof, und steckten konspirativ und einvernehmlich die Köpfe zusammen. Aus einiger Entfernung konnte ich sehen, wie Susanne Herrn Bardelli eine Rumschokolade anbot, zum Dank. Als hätte der Täter ein passgenaues Profil in der noch nicht ganz kalten Asche zurückgelassen, warfen die Beamten dankbar ihre Schablone über den Tatort. Ich hatte ziemliches Glück gehabt, das war mir klar.

Da sei wohl ein Fremder in den Keller eingedrungen, sagten sie, eine ganze Runde Nicken. Ja. Doch. Ja. Das ist schon oft vorgekommen, und an die Polizistin gewandt: Haben Sie auch die Kratzer fotografiert?

Sie berichteten von Kleinkriminellen, die sich nach Fahrrädern, verstaubten Hi-Fi-Anlagen oder kleineren Schmuckstücken umgesehen hatten, nach Dingen, die sich schnell und unkompliziert in Geld und dann in Heroin umsetzen ließen. Vor einer Woche habe bei den verblühenden Rosenstöcken ein verrußter Löffel gelegen, nicht weit davon eine aufgeschlitzte Dose Cola.

Wir nehmen an, sagte die Polizistin, die von ihren Kollegen vorgeschickt worden war, zum Üben, der Fremde hat nicht das gefunden, was er gesucht hat, und deshalb, von Frust und Verzweiflung getrieben, das Polster des alten Schreibtischstuhls in Brand gesteckt.

Wir waren ein lächerlicher Übungsfall, an dem sie sich probieren durfte, mehr nicht. Niemand war draufgegangen, es gab wichtigere Dinge. Davon, dass Laila verschwunden war, sprach keiner, auch ich nicht.

Eine ganze Woche lang stand mein Stuhl da mitten auf dem Rasen, neben den Resten der Matratze, wo die Feuerwehr ihn platziert hatte, ein Mahnmal, bis er endlich von der Müllabfuhr entsorgt wurde, zusammen mit den

Orangenhälften, dem Plastik und den knisternden Bonbonpapieren. Sein Innenleben war schwarz verklebt, ich fuhr mit den Fingerkuppen darüber, über diese verhärtete Masse, ein schwarzes Gebirge, das unter dem Sonnenlicht zu funkeln begann.

Ingrid und Götz korrigierten die Nachbarn nicht. Ihnen lag nichts an der Wahrheit, oder schien es mir nur so? Sie sagten, ich solle einfach den Mund halten. Erst später formten sie Sätze wie: Damit ist nicht zu spaßen. Oder: Willst du etwa im Knast landen? Als würden sie Zeilen in einem billigen Theaterstück soufflieren.
Weil das hier nicht zu uns passte.
Wir redeten über die Kriminalität der anderen.
Wir versuchten nach Kräften unser Bestes, um ihnen zu helfen.
Wir waren anständige Menschen, denen ihre Mit-Menschen am Herzen lagen. So eine Familie waren wir. Und deshalb war es ganz undenkbar, dorthin zu sehen, wo wir versagt hatten. Heute denke ich manchmal, sie hatten wirklich Angst um mich. Götz sah mich so an, mit diesen hochgezogenen Brauen, während er sein Brot aß, als würde er mir immer noch nicht ganz glauben. Als könnte er sich nicht erklären, warum seine Tochter das tun sollte. Warum überhaupt irgendjemand das tun sollte, das eigene Haus anzünden.

Wir hatten gemeinsam Abendbrot gegessen. Seit Lailas Verschwinden waren Wochen ins Land gegangen. Und ich hatte nichts geplant, mir kein Geständnis zurechtgelegt. Es rutschte mir einfach so heraus.
Ich war das.
Im Radio liefen die Nachrichten. Ingrid betrachtete kon-

zentriert und kauend das heutige Kalenderblatt. Ein Stillleben. Eine samtige Aprikose, ein Apfel und ein Zweig Flieder in einer türkisen Vase, daneben eine lose Feder. Götz schmierte sein Schwarzbrot mit viel Butter, legte erst eine Scheibe Käse, dann saure Gürkchen darauf. Sie hatten sich gestritten und noch nicht wieder vertragen, das wurde mir jetzt klar, aber sie gaben sich Mühe, damit ich es nicht merkte.

Wer trug hier die Schuld?

Sie ahnten nichts, die Armen. Sie könne sich das nicht erklären, warum Laila diese Entscheidung so plötzlich getroffen hatte, sagte Ingrid einmal. Sie hätte damit gerechnet, das schon, dass Laila früher oder später zu ihrer Mutter ziehen würde. Sie war schließlich ihre Mutter, klar. Aber warum ausgerechnet jetzt? Wieso hatte sie nicht darüber gesprochen? Hatte sie mit mir darüber gesprochen? Dass Lailas Mutter angerufen habe, erzählte Ingrid, es war schon spät im August, und sachlich mitgeteilt, dass Laila von nun an bei ihr wohne. Sie sei selbst überrascht, aber schließlich seien Mädchen in dem Alter undurchschaubar, und sie müsste die Entscheidung akzeptieren. Wir alle, sagte sie mit Nachdruck, und dass es okay für sie wäre. Sie habe Laila bereits in einer anderen Schule angemeldet, in der Nähe des Ladens.

Linn, jetzt sag doch mal was.

Götz legte die Stirn in Falten, nicht wütend, nicht verärgert, er dachte vermutlich einfach nur nach. Später hörte ich, wie Götz laut wurde und Ingrid weinte. Und Ingrid laut wurde und Götz die Wohnungstür hinter sich zuschlug. Jetzt saßen wir hier, alle in einem Boot. Als niemand reagierte, wiederholte ich: Ich war das im Keller, ich habe den Stuhl angezündet. Ingrid sah mich an, ihr Mund stand schief, etwas in ihrem schönen symmetrischen Gesicht war durcheinandergeraten: Wieso hättest du das tun sollen?

In diesen Tagen und Nächten, die zu einem einzigen endlosen Marsch wurden, sammelte ich alle meine Kräfte, um sie dem Wahnsinn entgegenzustemmen. Ich fasste mir an den Kopf, mehrmals hintereinander, nur um zu sehen, ob er noch da war. Die Tage verstrichen, keiner fragte. Und ich erzählte niemandem, dass jene Laila, die angerufen hatte, um meinen Eltern zu erklären, sie würde die restlichen Ferien im Geschäft ihrer Mutter aushelfen und deshalb in Charlottenburg bleiben, nicht unsere Laila sein konnte, weil die in Wirklichkeit noch immer im Keller saß. Sie saß dort und wollte, verdammt noch mal, einfach nicht rauskommen.

Glaubte ich das wirklich? Wie es möglich gewesen war, dass Laila den Keller verlassen hatte, wo doch die Tür von den anderen zugesperrt worden war. Sie besaß für diese Tür keinen Schlüssel. Ich hatte ihr Schlagen gehört. Ich hatte sie vom Turm aus nicht sehen können, nirgends. Ich hätte sie sehen müssen. Schließlich war ich zu alt, um an Gespenster zu glauben. Deshalb stieg ich am Morgen des darauffolgenden Tages noch einmal in den Keller, suchte jeden Winkel ab. Kroch in Ecken, wo seit Jahren ganz offensichtlich niemand gewesen war. Die orange leuchtende Warnung vor Rattengift ignorierte ich, fasste überall hin. Sie musste schließlich hier sein. Hinter einer alten Matratze fand ich mein Feuerzeug, in dem sich ein Riss auftat. Wahrscheinlich war es zu Boden gefallen, gesprungen und dann im Dunkel einfach liegen geblieben. Neben winzig kleinen Knochen, von Mäusen, Ratten, irgendwelchen Tieren. Ich hatte keine Zeit, mich damit aufzuhalten, rutschte über den schlammigen Boden. Irgendwo: ihr Ohrring, rund und golden, den steckte ich ein, für den Fall, dass sie ihn wiederhaben wollte. Eine einzelne Schraube bohrte sich in mein Knie. Aua, schrie ich, als könnte das jemand hören. Als würde das wirklich jemanden interessieren, und dann stand da noch die Latte, an eine Wand gelehnt. Ich schlug zu, erst nur auf die Matratze, dann auf alles, was mir irgendwie unterkam. Als die Wut nachließ, nahm ich sie zum ersten Mal wahr, seit dem Pfeifen damals hatte es sich mehrmals verändert, dieses Geräusch, ein Pfeifen, das jetzt sehr dumpf war, in mir vibrierte wie etwas Lebendiges, ein eigenständiges Organ, und schon so lange da gewesen sein musste, dass ich mich daran gewöhnt hatte.

Ich habe den Stuhl angezündet, sagte ich jetzt am Tisch, weil ich den Stuhl anzünden wollte. Zum ersten Mal sah ich meine Eltern vollkommen ratlos, ihre Gesichter nur Frage. Die verbleibenden Tage der Sommerferien bekam ich Hausarrest. Götz entfernte halbherzig den Fernseher aus meinem Zimmer. Er glaubte selbst nicht an diese Art von Bestrafung, das sah ich ihm an, aber es fiel ihm einfach nichts Besseres ein. Dann die Anlage und schließlich auch die Bücher. Es war mir gleich, ich hatte nicht vor, irgendetwas zu tun. Dieses Zimmer je wieder zu verlassen. Warum. Ich lag auf dem Bett und versuchte, nicht an Laila zu denken. Ich verschloss die Tür und pinkelte in den Blumentopf der Palme, die mir knubbelige Blätter entgegenstreckte. Äußerlich vollkommen unbeteiligt, stierte ich in das Fenster gegenüber, ruhig und hypnotisiert, wie in einen Bildschirm, versuchte heraufzubeschwören, was es einmal versprochen hatte.
    Ich schlief nicht und hörte auf zu träumen.

Im September begann das neue Schuljahr. Die Hitze hatte nachgelassen. Niemand fragte, wo ich gewesen war. Die anderen redeten nicht über Laila, zumindest nicht in meiner Gegenwart. Stattdessen redeten sie viel über den Psycho, den Irren, diesen Junkie, der das Feuer gelegt und damit ihre Ordnung erschüttert hatte. Wie krank man sein muss, sagten sie, und auf eine seltsame Art fühlte ich mich ihnen überlegen. Ein paarmal saß ich in diesem schon kühlen Spätsommer noch mit ihnen zusammen, eingepfercht in der Bucht, wo es nun feucht war und die mir wie ein Gefängnis vorkam. An den Wänden kroch schwärzlich Schimmel empor, Vicki rieb ihn ab, aber wenige Tage später hatte er sich seine Wand zurückerobert. Ohne wirklich Anteil zu nehmen an den Geschichten, die sie erzählten, kniete ich in ihrer Mitte, lauschte ihren kindischen Prahlereien. Malvina und Timo wurden ein Paar. Vanessa und Sami knutschten hinter den Mülltonnen, die jetzt wieder regelmäßig geleert wurden. Vicki suchte unbeholfen meine Nähe.

Die Bäume standen dicht um den See, bunt belaubt, wie seine Wächter. Nah am Ufer waren Blätter ins Wasser geweht und schwammen obenauf. Sie sammelten sich dort zu Inseln, dazwischen vereinzelt Blesshühner oder Haubentaucher, die gerade noch anwesend, im selben Moment verschwunden waren. Wie alles auf einmal fern war, wenn ich hier lag, im Zentrum, und erschöpft keuchte, ringsherum nur das Wasser, seine Oberfläche wie spiegelndes Blei. Wenn ein Wind hineinfuhr, geriet es in Aufruhr. Man musste die Ruder auf einer Höhe vor der Brust halten, damit man nicht das Gleichgewicht verlor. Die kalte Luft stach in der Lunge, meine Waden krampften leicht. Ich tat noch zwei Schläge, weil der Wind mich abdrückte. Vom Großen Wannsee musste man sich fernhalten, wegen der Ausflugsdampfer. In der Ferne entdeckte ich das Boot der anderen, ein Vierer mit Steuermann, sie verschwanden in einem Nebel, der sich aus dem Wasser hob, dicht und milchig. Ich sah ihnen nach, bis ich nur noch das beruhigende Klicken der Skulls in der Halterung hörte, wenn sie die Blätter in der Luft drehten, um sie kurz darauf ins Wasser zu tauchen.

Mit dem neuen Schuljahr hatten sie mich für die Ruder-AG angemeldet. Es machte Götz und Ingrid zufrieden. Sport kann nicht schlecht sein, sagten sie, und vielleicht hatten sie ja recht. Dreimal die Woche fuhren wir raus, an den Kleinen Wannsee. Bald würden wir in die Halle umziehen, dort trainieren, weil es zu kalt wurde.

Wir waren eine ungerade Zahl, deshalb musste jemand allein fahren. Die anderen sahen mich an, mit mitleidigen Blicken, aber es machte mir nichts aus. Sie fuhren in Vierern, übermütig und kiffend hängten sie ihre weißen Füße ins schmerzend kalte Wasser, sobald der Lehrer außer Sichtweite war. Ich nahm gerne einen Einer, ruderte raus aufs Wasser, bis meine Lunge brannte. Wie eine Wahnsinnige ruderte ich, bis mein Kopf leer war, die Muskeln zitterten. Dann blieb ich für den Rest der Zeit in der Mitte liegen. Im Frühjahr wechselte ich in einen Vierer, weil Madeleine, ein blasses Mädchen mit Sommersprossen und dünnen Beinen, in die Fußball-AG eingetreten war. Zu meiner Überraschung machte mir das gemeinsame Rudern Spaß. Wie wir in einen Takt fanden, ohne darüber zu sprechen, die Blätter eintauchten und durchs brackige Wasser zogen, sie anhoben und drehten. Ich mochte das dumpfe Geräusch, wenn alle Skulls gleichzeitig in der Halterung klackten. Es war gut, ein Teil davon zu sein. Diesem vollen Geräusch. Vor allem aber liebte ich den kleinen Ruck, der das Boot erfasste, wenn wir uns gleichgeschaltet mit den Beinen vom Stemmbrett abstießen. Nach dem Training aßen wir gemeinsam ein Eis, und es war Sarah, die wartete, als die anderen schon vorauseilten, um die S-Bahn in die Stadt zu bekommen.

Ich zählte meine Münzen ab. Sie fielen klimpernd zu Boden. Die Sonne wärmte meinen Rücken, es waren die ersten hellen Tage. Der Eisverkäufer hatte gute Laune und zwirbelte seinen Bart.

Keine Eile, sagte er, wir müssen lernen, zu genießen. Jemand im Laden lachte verunsichert auf. Jemand mit blonden, fast weißen, aufgetürmten Haaren.

Wir verpassen die Bahn, sagte ich.

Ist doch egal, antwortete Sarah, wir nehmen die nächste.

Tut mir leid.

Aber sie zuckte nur die Schultern und zeigte auf mein Eis, darf ich mal Pistazie probieren?

Sarah, mit der ich später in Clubs ging, Jungs kennenlernte, zum ersten Mal kiffte, in Südfrankreich war das gewesen. Sarah, deren Eltern meinen auf unheimliche Weise glichen, und mit denen ich gemeinsam an die Ostsee fuhr, einmal, zweimal, dann noch einmal, weil meine sich scheiden ließen, und als das einigermaßen ausgestanden war, trennten sich ihre. Manchmal betrachtete ich sie staunend von der Seite, wenn sie nicht darauf achtete, und ich bin mir sicher, dass auch sie mich manchmal auf diese Weise musterte. Verwundert darüber, wie selbstverständlich wir einen Platz im Leben der anderen eingenommen hatten. Einen Platz, der frei geworden war, durch eine klaffende Wunde, die sich aufgetan hatte, wo immer schon ein Riss gewesen war. Ich fragte mich, ob sie auch eine Laila gekannt, die dann vielleicht Jacqueline oder Nuria geheißen hatte. Geister, die an uns klebten, oder mehr noch, in uns drinsteckten und die wir gerade deshalb unbedingt versuchten loszuwerden.

Es gab nur noch diese eine Möglichkeit. Oder sieben, um genau zu sein. Da waren sieben Straßen, die vom Platz wegführten, oder zu ihm hin, je nach Standpunkt. Er sah aus wie in meiner Erinnerung, gepflegt und schmucklos. Kein Brunnen, kein nichts. Nur der Wein, der über die Holzbogen kroch, in sie hinein, über eine Handvoll Bänke. Und in der Mitte war ein Rasen mit Beet, über dem die Hunde ihr Bein hoben, irgendwie eleganter als bei uns zu Hause. Ich lief in den Rändern, umrundete den Platz ein ums andere Mal, aber ich konnte mich einfach nicht erinnern. Wie Lailas Namen hatte ich auch das Geschäft im Netz gesucht und nur einen vagen Treffer gefunden. Ich zog den Zettel aus meiner Hosentasche, das Papier war im Begriff, sich aufzulösen, warm und labberig wie ein alter Geldschein. Darauf hatte ich die Adresse notiert für den Fall, dass es das Geschäft überhaupt noch gab. Ingrid wusste es nicht, sie erinnerte sich nicht mal an den Nachnamen von Lailas Mutter, Götz hatte ich erst gar nicht danach gefragt.

In meinem Inneren warf sich etwas auf, machte Platz für diese Erwartung. Etwas warf sich auf, einfach, weil es auf einmal möglich schien, dass etwas passierte, wie damals, obwohl ich heute viel besser vorbereitet war.

Nach der Sache mit dem Keller war ich schon einmal zum S-Bahnhof gefahren. Im Kiosk kaufte ich eine Dose Cola, die angenehm kühl in meiner Hand lag. Die Innenflächen waren hellrot und geschwollen. Den Splitter, der sich in meinen Ballen gebohrt hatte, versuchte ich vorsichtig mit dem Mund herauszusaugen, was missglückte.

Ich ließ mir Zeit, ich hatte keine Eile. Auf dem begrünten Platz pickten ziemlich vitale Tauben im Gras, eine Obdachlose hatte sich auf einer Bank mit Zeitungsseiten eingedeckt. Vielleicht versuchte sie sich auf diese Weise ungesehen zu machen. Vielleicht schämte sie sich, obwohl ich es natürlich war, die sich schämte und endlos Kreise zog, bis ich in die Straße einbog.

Ich lief die Kantstraße erst in die eine, dann in die andere Richtung, die Sonne knallte von schräg oben, mein Unterbauch zog. In einem Imbiss war ein Mann über seinem Döner eingeschlafen, der Mund stand offen, in seinen Winkeln trockneten Reste von Soße. Ein Angestellter mit Overall wischte um ihn herum. Dort war ein Kiosk, an den ich mich erinnerte, aber ich war nicht sicher, ob er vor oder hinter dem Geschäft gelegen hatte, und als ich davorstand, wurde mir klar, dass ich im Kreis gelaufen war.

Ich ging hinein, nahm eine Cola aus dem Eisschrank und fragte den Verkäufer, ob es hier einen Laden für Hochzeitsmode gebe, ganz in der Nähe. Es roch nach kaltem Rauch. Er musterte mich, den Bauch, zählte sorgfältig das Wechselgeld ab, ich nannte ihm auch den Namen. Da sah er mich an, als hätte ich nach dem Weg zum Mars gefragt. Ich kam mir dumm vor, dieses ganze Unterfangen hier, und hätte unter anderen Umständen jetzt eine Zigarette geraucht. Vorm Laden stand eine Bierbank unter einem weißen Schirm, ich setzte mich in den Schatten. Am anderen Ende stand ein silbern glänzender Napf mit Wasser, B O N E stand darauf, aber es war kein Hund zu sehen, kein Knochen, nirgends. Beim Öffnen der Dose zischte es, Schaum stieg auf, vorsichtig leckte ich ihn ab, an der scharfen Kante des Metalls vorbei.

Laila war nicht verschwunden, ich hatte sie noch ein einziges Mal wiedergesehen. Im Schaufenster standen Puppen mit weit aufgerissenen Augen und merkwürdig knolligen Nasen, die weiße und rosa Kleider trugen. Sie waren mir beim letzten Mal nicht aufgefallen. Die Kleider bauschten sich zu den Plastikfüßen. Einer Kinderpuppe steckte ein Diadem im hellblonden Plastikhaar, wie bei einer Prinzessin, einer Barbie, und so lachte sie, blond und blauäugig mit dieser hässlichen Nase. Über ihren Kopf hinweg konnte ich Laila erkennen, die hinter dem Tresen stand. Sie hatte den Kopf in die Handinnenflächen gelegt, die Ellenbogen aufgestützt. Die Ärmel von ihrem lachsfarbenen Shirt waren leicht heruntergerutscht, so konnte ich das Kreisrunde sehen, die Kruste der Verletzung, die darunter zum Vorschein kam. Ich hatte schon meine Hand am Türgriff liegen, dem kühlen Knauf aus Messing, als sie den Kopf hob, die langen schweren Haare über die linke Schulter warf, mich ansah, durch einen Schleier fettiger Fingerabdrücke hindurch, und zusammenzuckte. Und auch durch mich ging ein Ruck, ich konnte ihn hören, als hätte jemand direkt neben meinem Ohr Papiere zerfetzt. Meine Hand, plötzlich schlaff und mutlos geworden, glitt vom Griff. Ich wich zurück. Sie hatte sich weggedreht, als wäre ich niemand, als wäre ich gar nicht da, und verschwand im hinteren Teil des Ladens, in den man von draußen keine Einsicht hatte. Ich erinnerte mich, wie ich unschlüssig vor dem Geschäft stehen geblieben war, überlegt hatte, was ich nun tun sollte, meine volle Blase hatte gedrückt. Ich setzte mich auf eine Stufe des Nebenhauseingangs, der Druck ließ nicht nach, wurde aber erträglich. Als eine junge Frau aus dem Haus trat, rutschte ich zur Seite. Sie roch wie frisch geduscht, die Haare waren noch nass und glatt hinter die Ohren gekämmt. Ich dagegen kam mir auf einmal ziemlich eklig vor, in meinen Haaren hing der Geruch nach Rauch. Du solltest hier nicht so sitzen, sagte sie schroff, hast du kein Zuhause? Sie wollte keine Antwort, das war offensichtlich, ich dachte trotzdem darüber nach. Der Beutel, den sie locker über die Schulter geworfen hatte, schlug mir stumpf gegen den Hinterkopf, als sie sich an mir vorbeischob. Nicht so sehr, dass es wirklich wehtat. Ich betrachtete meine geschwollenen Hände, als läge darin die Antwort, faltete sie auf, wischte mir mit der offenen Handfläche etwas aus dem Gesicht. Die Haustür fiel hinter mir ins Schloss, dann stand ich auf und lief zurück zur Station.